TRANZLATY

Language is for everyone

Taal is vir almal

The Call of Cthulhu

Die Roep van Cthulhu

H.P. Lovecraft

English
Afrikaans

www.tranzlaty.com

The Horror Made of Clay
Die Gruwel Gemaak Van Klei

There is one thing I find particularly merciful.
Daar is een ding wat ek besonder barmhartig vind.
The inability of the human mind to correlate events.
Die onvermoë van die menslike verstand om gebeure te korreleer.
It's a blessing that we can't understand the world.
Dis 'n seën dat ons die wêreld nie kan verstaan nie.
We live blissfully on a placid island of ignorance.
Ons leef salig op 'n rustige eiland van onkunde.
An island in the midst of black seas of infinity.
'n Eiland te midde van die swart see van oneindigheid.
And it was not meant that we should voyage far.
En dit was nie bedoel dat ons ver moes reis nie.
The sciences each strain in their own directions.
Die wetenskappe beweeg elkeen in hul eie rigting.
But hitherto science's findings have harmed us little.
Maar tot dusver het die wetenskap se bevindinge ons min skade berokken.
But some day dissociated knowledge will be pieced together.
Maar eendag sal gedissosieerde kennis saamgevoeg word.
Terrifying vistas of reality will open up to us.
Verskriklike perspektiewe van die werklikheid sal vir ons oopgaan.
And we will be left in a frightful vantage point.
En ons sal in 'n skrikwekkende uitkykpunt gelaat word.
We will either go mad from the revelation we are given.
Ons sal óf mal word van die openbaring wat ons gegee word.
Or we will flee from the deadly light that we will see.
Of ons sal vlug van die dodelike lig wat ons sal sien.
We will run from the knowledge we had always pursued.
Ons sal wegvlug van die kennis wat ons nog altyd nagestreef het.
And we will seek the peace and safety of a new dark age.

En ons sal die vrede en veiligheid van 'n nuwe donker era soek.

Theosophists have guessed at the scale of the cosmos.

Teosowe het geraai na die skaal van die kosmos.

Our world is but a transient incident in this cycle.

Ons wêreld is maar 'n verbygaande gebeurtenis in hierdie siklus.

The human race plays but a little role in the universe.

Die mensdom speel maar 'n klein rol in die heelal.

The theosophists have hinted at strange methods of survival.

Die teosowe het gesinspeel op vreemde metodes van oorlewing.

But their suggestions would freeze a rational man's blood.

Maar hulle voorstelle sou 'n rasionele man se bloed vries.

Only the optimism of their ideas hides the horror.

Slegs die optimisme van hul idees verberg die gruwel.

But it is not their ideas that chill me the most.

Maar dis nie hulle idees wat my die meeste laat ril nie.

It is something else that fills me with terror.

Dis iets anders wat my met vrees vul.

The single glimpse of forbidden eons I have seen.

Die enkele glimp van verbode eone wat ek gesien het.

When I think of what I saw my blood stands still.

As ek dink aan wat ek gesien het, staan my bloed stil.

Restlessness plagues my dreams since that glimpse.

Rusteloosheid teister my drome sedert daardie kykie.

It came to me like all dreaded glimpses of truth.

Dit het na my toe gekom soos alle gevreesde glimpse van die waarheid.

An accidental piecing together of separated things.

'n Toevallige samevoeging van geskeide dinge.

An old newspaper item and the notes of a dead professor.

'n Ou koerantberig en die notas van 'n oorlede professor.

In a flash everything was pieced together before me.

In 'n oogwink was alles voor my aanmekaar gesit.

I hope no one else will accomplish this terrible insight.

Ek hoop dat niemand anders hierdie verskriklike insig sal bereik nie.

Certainly, if I live, I shall never help anyone to know it.

Sekerlik, as ek leef, sal ek nooit enigiemand help om dit te weet nie.

I shall never knowingly supply a link in so hideous a chain.

Ek sal nooit willens en wetens 'n skakel in so 'n afskuwelike ketting verskaf nie.

I think that the professor, too, intended to keep silent.

Ek dink dat die professor ook van plan was om stil te bly.

He didn't mean to share the secrets that he knew.

Hy het nie bedoel om die geheime wat hy geweet het, te deel nie.

And I'm sure he would have destroyed his notes.

En ek is seker hy sou sy notas vernietig het.

If he had not been seized by sudden and suspicious death.

As hy nie deur 'n skielike en verdagte dood getref was nie.

***

My knowledge of the thing began in the winter of 1926-27.

My kennis van die ding het in die winter van 1926-27 begin.

My great-uncle was the professor George Gammell Angell.

My grootoom was die professor George Gammell Angell.

He was the Professor Emeritus of Semitic languages.

Hy was die emeritus professor van Semitiese tale.

He lectured in Brown University, Providence, Rhode Island.

Hy het klas gegee aan die Brown Universiteit in Providence, Rhode Island.

His death, at the age of ninety-two, triggered the event.

Sy dood, op die ouderdom van twee-en-negentig, het die gebeurtenis veroorsaak.

He was widely known as an authority on ancient inscriptions.

Hy was wyd bekend as 'n kenner van antieke inskripsies.

Heads of prominent museums came to him for his expertise.

Hoofde van prominente museums het na hom gekom vir sy kundigheid.

So his death was noticed by many within academic circles.
So is sy dood deur baie binne akademiese kringe opgemerk.

Interest was intensified by the obscurity of his death.
Belangstelling is versterk deur die onbekendheid van sy dood.

It occurred as he was disembarking from the Newport boat.
Dit het gebeur toe hy van die Newport-boot afgeklim het.

Witnesses say a dark nautical-looking fellow had jostled him.
Ooggetuies sê 'n donker seeman met 'n seemansagtige voorkoms het hom gestamp.

After being stricken, he fell suddenly, witnesses say.
Nadat hy getref is, het hy skielik geval, sê getuies.

Physicians were unable to find any visible disorder.
Dokters kon geen sigbare afwyking vind nie.

After some perplexed debate they reached their conclusion.
Na 'n paar verwarrende debatte het hulle tot hul gevolgtrekking gekom.

"It must have been a lesion of the heart," they agreed.
"Dit moes 'n letsel aan die hart gewees het," het hulle saamgestem.

"After all, he was rather an elderly man," they added.
"Hy was immers nogal 'n bejaarde man," het hulle bygevoeg.

"the brisk ascent of the steep hill caused his end."
"die vinnige klim van die steil heuwel het sy einde veroorsaak."

At the time I saw no reason to dissent from this dictum.
Destyds het ek geen rede gesien om van hierdie uitspraak af te wyk nie.

But latterly I am inclined to wonder about their conclusion.
Maar later is ek geneig om te wonder oor hul gevolgtrekking.

And I do more than just wonder if they were right.
En ek wonder meer as net of hulle reg was.

***

My grand-uncle died alone as a childless widower.
My grootoom is alleen as 'n kinderlose wewenaar oorlede.
And so I became heir and executor to his possessions.
En so het ek erfgenaam en eksekuteur van sy besittings
geword.
So I was expected to go over his papers and writings.
So is daar van my verwag om sy dokumente en geskrifte deur
te gaan.
I moved his entire set of files and boxes to my Boston home.
Ek het sy hele stel lêers en bokse na my huis in Boston
verskuif.
Much of the materials I collected will later be published.
Baie van die materiaal wat ek versamel het, sal later
gepubliseer word.
Many academics in his field took great interest in his work.
Baie akademici in sy veld het groot belangstelling in sy werk
getoon.
The American archeological society relied on him greatly.
Die Amerikaanse argeologiese vereniging het grootliks op
hom staatgemaak.
But there was one box which I found exceedingly puzzling.
Maar daar was een boks wat ek uiters raaiselagtig gevind het.
I felt much averse from showing these files to other eyes.
Ek het baie teësinnig gevoel om hierdie lêers vir ander oë te
wys.
The box had been locked, unlike the other boxes.
Die boks was gesluit, anders as die ander bokse.
And initially I found no key that would open this box.
En aanvanklik het ek geen sleutel gevind wat hierdie boks sou
oopmaak nie.
But then the location of the key occurred to me.
Maar toe het die plek van die sleutel by my opgekom.
The professor always carried a keyring in his pocket.
Die professor het altyd 'n sleutelhouer in sy sak gedra.
It was indeed one of these keys that opened the box.
Dit was inderdaad een van hierdie sleutels wat die boks
oopgemaak het.

But in the box was a still more closely locked barrier.
Maar in die boks was 'n nog stywer gesluite versperring.
What could be the meaning of the queer bas-relief?
Wat kan die betekenis van die vreemde bas-reliëf wees?
Various paper cuttings accompanied the bas-relief.
Verskeie papierknipsels het die bas-reliëf vergesel.
What did the disjointed jottings and ramblings allude to?
Waarop het die onsamenhangende aantekeninge en gesommeerde opmerkings gesinspeel?
Had my uncle become credulous to superficial impostures?
Het my oom goedgelowig geword teenoor oppervlakkige bedrog?
Perhaps in his later years his criticalness thought slowed.
Miskien het sy kritiese denke in sy latere jare verlangsaam.
Someone had disturbed this old man's peace of mind.
Iemand het hierdie ou man se gemoedsrus versteur.
And so I resolved to locate the eccentric sculptor.
En so het ek besluit om die eksentrieke beeldhouer op te spoor.
The man who set in motion my uncle's strange obsession.
Die man wat my oom se vreemde obsessie aan die gang gesit het.

***

The bas-relief was roughly shaped like a rectangle.
Die bas-reliëf was rofweg soos 'n reghoek gevorm.
The rectangular shape was less than an inch thick.
Die reghoekige vorm was minder as 'n duim dik.
And the bas-relief was about five by six inches in area.
En die bas-reliëf was omtrent vyf by ses duim in oppervlakte.
It was obvious that the bas-relief was of modern origin.
Dit was duidelik dat die bas-reliëf van moderne oorsprong was.
The designs, however, were far from modern in atmosphere.
Die ontwerpe was egter ver van modern in atmosfeer.
The inscriptions suggested a far older civilization.

Die inskripsies het op 'n veel ouer beskawing gedui.
The vagaries of cubism and futurism were many and wild.
Die grille van kubisme en futurisme was baie en wild.
But normally such patterns fail to produce regularity.
Maar normaalweg slaag sulke patrone nie daarin om
gereeldheid te produseer nie.
The cryptic regularity which lurks in prehistoric writing.
Die kriptiese reëlmaat wat in prehistoriese skryfwerk skuil.
This regularity was certainly present in the bas-relief.
Hierdie gereeldheid was beslis teenwoordig in die bas-reliëf.
I was certain the inscriptions represented a writing system.
Ek was seker die inskripsies verteenwoordig 'n skryfstelsel.
I had some familiarity with the papers of my uncle.
Ek was ietwat vertroud met die papiere van my oom.
And I had looked through all of his collections and works.
En ek het deur al sy versamelings en werke gekyk.
But I failed to find any writing that was similar.
Maar ek kon geen soortgelyke skryfwerk vind nie.
I could not geographically place this alphabet in any way.
Ek kon hierdie alfabet op geen manier geografies plaas nie.
Nor could I guess from what time this writing came from.
Ek kon ook nie raai uit watter tyd hierdie skrywe vandaan
kom nie.
Above these apparent hieroglyphics there was a figure.
Bo hierdie oënskynlike hiërogliewe was daar 'n figuur.
The figure was evidently only of pictorial intent.
Die figuur was klaarblyklik slegs van beeldende bedoeling.
The impressionism of the picture added to the mystery.
Die impressionisme van die prent het by die misterie gevoeg.
No clear idea of the creature's nature could be discerned.
Geen duidelike idee van die wese se aard kon onderskei word
nie.
The creature seemed to be a monster, of some sort.
Die skepsel het gelyk soos 'n monster, van een of ander soort.
Or the symbol represented a monster, of some sort.
Of die simbool het 'n monster van een of ander aard
verteenwoordig.

Only a diseased mind could conceive of such a form.
Slegs 'n siek gemoed kan so 'n vorm bedink.
My imagination yielded different pictures simultaneously.
My verbeelding het gelyktydig verskillende prente opgelewer.
But my imagination may also be somewhat extravagant.
Maar my verbeelding is dalk ook ietwat buitensporig.
An octopus, a dragon, and also a human caricature.
'n Seekat, 'n draak, en ook 'n menslike karikatuur.
I shall try not be unfaithful to the spirit of the thing.
Ek sal probeer om nie ontrou te wees aan die gees van die ding nie.
A pulpy, tentacled head surmounted a scaly body.
'n Pulpagtige, tentakelagtige kop het 'n skubberige lyf oortref.
Rudimentary wings protruded from the grotesque shape.
Rudimentêre vlerke het uit die groteske vorm uitgesteek.
But the shape of the monster wasn't even the worst part.
Maar die vorm van die monster was nie eens die ergste deel nie.
The background of the picture was even more frightening.
Die agtergrond van die prent was selfs meer skrikwekkend.
The scenery had a vague suggestion of another civilization.
Die natuurskoon het 'n vae suggestie van 'n ander beskawing gehad.
Cyclopean architecture from a forgotten part of the world.
Siklopiese argitektuur uit 'n vergete deel van die wêreld.

***

Only some notes and press cuttings accompanied the oddity.
Slegs 'n paar notas en persuitknipsels het die eienaardigheid vergesel.
The press cuttings seemed to be only vaguely related.
Die persuitknipsels het blykbaar net vaagweg verwant gelyk.
The hand written notes were all from my uncle.
Die handgeskrewe notas was almal van my oom.
But his notes made no pretense to any literary style.

Maar sy notas het geen aanspraak gemaak op enige literêre styl nie.

There was no ordering mechanism to any of the papers.

Daar was geen bestelmeganisme vir enige van die dokumente nie.

Although there seemed to be a master document to the notes.

Alhoewel daar 'n hoofdokument by die notas gelyk het.

This document was ascribed to the cult of Cthulhu

Hierdie dokument is toegeskryf aan die kultus van Cthulhu

The word's letters had been painstakingly written out.

Die letters van die woord is noukeurig uitgeskryf.

There should be no erroneous reading of the unheard of word.

Daar moet geen foutiewe lees van die ongehoorde woord wees nie.

This Cthulhu manuscript was divided into two sections;

Hierdie Cthulhu-manuskrip was in twee afdelings verdeel;

The first manuscript was titled the following:

Die eerste manuskrip was soos volg getiteld:

"1925 - Dream and Dream Work of H. A. Wilcox"

"1925 - Droom en Droomwerk van HA Wilcox"

"7 Thomas St., Providence, Road Island"

"7 Thomasstraat, Providence, Road Island"

And the second manuscript was titled the following:

En die tweede manuskrip was soos volg getiteld:

"Narrative of Inspector John R. Legrasse"

"Verhaal van Inspekteur John R. Legrasse "

"121 Bienville St., New Orleans, 1908 Meetings."

"121 Bienville St., New Orleans, 1908 Vergaderings."

"Notes on Same, & Prof. Webb's account of events"

"Aantekeninge oor dieselfde, en prof. Webb se weergawe van gebeure"

The other manuscript papers were all brief notes.

Die ander manuskripdokumente was almal kort notas.

Some manuscripts described the queer dreams of different persons.

Sommige manuskripte het die vreemde drome van verskillende persone beskryf.

Some manuscripts cited from theosophical books and magazines.

Sommige manuskripte is aangehaal uit teosofiese boeke en tydskrifte.

Notably, most of these citations were from W. Scott-Eliott.

Dit is opmerklik dat die meeste van hierdie aanhalings van W. Scott-Eliott afkomstig was.

Mainly the notes referenced Atlantis and the Lost Lemuria.

Die notas het hoofsaaklik na Atlantis en die Verlore Lemuria verwys.

The other notes commented on long-surviving secret societies.

Die ander notas het kommentaar gelewer op lank bestaande geheime samelewings.

Hidden cults that may or may not still exist somewhere.

Verborge kultusse wat dalk nog êrens bestaan of nie.

Two books seemed to provide most of the information;

Twee boeke het die meeste van die inligting verskaf;

Miss Murray's Witch-Cult in Western Europe.

Mej. Murray se Heksekultus in Wes-Europa.

This book thoroughly detailed Mythological sources.

Hierdie boek het mitologiese bronne deeglik uiteengesit.

And Frazer's Golden Bough provided anthropological sources.

En Frazer se Golden Bough het antropologiese bronne verskaf.

***

The cuttings largely alluded to outré mental illnesses.

Die uitknipsels het grootliks na outeursgesonde geestesongesteldhede verwys.

Outbreaks of group folly and mania in the spring of 1925.

Uitbrake van groepswaansin en manie in die lente van 1925.

The first half of the manuscript told a very peculiar tale.

Die eerste helfte van die manuskrip het 'n baie eienaardige verhaal vertel.

1925, the 1st of March, a thin dark young man came to my uncle.

1925, die 1ste Maart, het 'n maer, donker jong man na my oom gekom.

The manuscript describes his neurotic and excited aspect.

Die manuskrip beskryf sy neurotiese en opgewonde aspek.

And he bore with him the strange bas-relief.

En hy het die vreemde bas-reliëf saam met hom gedra.

At that time the bas-relief was exceedingly damp and fresh.

In daardie tyd was die bas-reliëf besonder klam en vars.

His card bore the name of Henry Anthony Wilcox.

Sy kaart het die naam van Henry Anthony Wilcox gedra.

And my uncle had slightly recognized who he was.

En my oom het so effens herken wie hy was.

He was the youngest son of an excellent family.

Hy was die jongste seun van 'n voortreflike familie.

Latterly he had been studying sculpture at Rhode Island.

Laastyd het hy beeldhoukuns aan Rhode Island gestudeer.

He lived alone at the Fleur-de-Lys Building.

Hy het alleen in die Fleur-de-Lys-gebou gewoon.

His residences were near the university.

Sy wonings was naby die universiteit.

Wilcox was a precocious youth of known genius.

Wilcox was 'n voorrypende jongeling van bekende genialiteit.

But he was also known for his great eccentricity.

Maar hy was ook bekend vir sy groot eksentrisiteit.

From childhood he had excited the attention of others.

Van kleins af het hy die aandag van ander geprikkel.

He told of strange stories no one had told him about.

Hy het van vreemde stories vertel waarvan niemand hom vertel het nie.

And he was in the habit of relating strange dreams.

En hy was gewoond daaraan om vreemde drome te vertel.

He described himself as "psychically hypersensitive".

Hy het homself as "psigies hipersensitief" beskryf.

But those around him had other descriptions for him.
Maar diegene rondom hom het ander beskrywings vir hom
gehad.
They were staid folk of the ancient commercial city.
Hulle was standvastige mense van die antieke handelsstad.
And they dismissed him as merely strange and "queer".
En hulle het hom as bloot vreemd en "vreemd" afgemaak.
And so he never mingled much with his kind.
En so het hy nooit veel met sy soort gemeng nie.
And he had dropped gradually from social visibility.
En hy het geleidelik van sosiale sigbaarheid afgeneem.
Now he is known only to a small group of esthetes.
Nou is hy slegs aan 'n klein groepie estetici bekend.
And those who knew him came mostly from other towns.
En diegene wat hom geken het, het meestal van ander dorpe
gekom.
Even the Providence art club had found him quite hopeless.
Selfs die Providence-kunsklub het hom heeltemal hopeloos
gevind.
Of course they were anxious to preserve their conservatism.
Natuurlik was hulle gretig om hul konserwatisme te behou.

***

The professor's manuscript continued to describe the visit.
Die professor se manuskrip het die besoek verder beskryf.
**The sculptor abruptly asked for his host's archeological
knowledge.**
Die beeldhouer het skielik na sy gasheer se argeologiese
kennis gevra.
**He wanted him to identify the hieroglyphics on the bas-
relief.**
Hy wou hê dat hy die hiërogliewe op die bas-reliëf moes
identifiseer.
He spoke in a dreamy and rather stilted manner.
Hy het op 'n dromerige en ietwat truggestelde manier gepraat.
His speech suggested pose and alienated sympathy.

Sy toespraak het pose gesuggereer en simpatie vervreem.
And my uncle showed some sharpness in his reply.
En my oom het skerpsinnigheid in sy antwoord getoon.
Because the bas-relief was still conspicuously freshness.
Omdat die bas-reliëf steeds opvallende varsheid was.
So there was no need for any kinship with archeology.
Daar was dus geen behoefte aan enige verwantskap met argeologie nie.
Young Wilcox's rejoinder was of a fantastically poetic cast.
Jong Wilcox se antwoord was van 'n fantasties poëtiese kleur.
My uncle must have been impressed with the reply.
My oom moes beïndruk gewees het met die antwoord.
And he recorded the reply of Wilcox verbatim.
En hy het Wilcox se antwoord woordeliks opgeneem.
"The bas-relief is indeed still conspicuously fresh."
"Die bas-reliëf is inderdaad nog opvallend vars."
"Because I made this bas-relief last night, after a dream."
"Omdat ek hierdie bas-reliëf gisteraand gemaak het, na 'n droom."
"A dream of strange cities and stranger people."
"'n Droom van vreemde stede en vreemder mense."
"And dreams are older than brooding Tyros."
"En drome is ouer as broeiende Tyros."
"Dreams are older than the contemplative Sphinx."
"Drome is ouer as die besinnende Sfinks."
"And dreams are older than the garden-girdled Babylon."
"En drome is ouer as die tuinomgorde Babilon."
This type of speech turned out to be characteristic of him.
Hierdie tipe spraak het kenmerkend van hom geblyk te wees.
It was then that he began that rambling tale.
Dit was toe dat hy daardie onstuimige verhaal begin het.
The tale which suddenly played upon a sleeping memory.
Die verhaal wat skielik op 'n slapende herinnering gespeel het.
The tale that won the fevered interest of my uncle.
Die verhaal wat die koorsagtige belangstelling van my oom gewen het.

***

There had been a slight earthquake tremor the night before.
Daar was die vorige nag 'n ligte aardbewing.
The most considerable tremor New England had felt for some years.
Die grootste bewing wat Nieu-Engeland in 'n paar jaar gevoel het.
Wilcox's imagination had been keenly affected by the earthquake.
Wilcox se verbeelding is erg beïnvloed deur die aardbewing.
He had had an unprecedented dream of great Cyclopean cities.
Hy het 'n ongekende droom van groot Siklopiese stede gehad.
He dreamed of Titan blocks and sky-flung monoliths.
Hy het gedroom van Titan-blokke en luggeworpe monoliete.
All the architecture was dripping with green ooze.
Die hele argitektuur het gedrup van groen slyk.
And his dreams were sinister with latent horror.
En sy drome was sinister met latente afgryse.
Hieroglyphics had covered the walls and pillars.
Hiërogliewe het die mure en pilare bedek.
From somewhere underneath there came a sound.
Van êrens onder het daar 'n geluid gekom.
The sound was of a voice, but it was not a voice.
Die geluid was van 'n stem, maar dit was nie 'n stem nie.
A chaotic sensation which only fancy could transmute into sound.
'n Chaotiese sensasie wat slegs verbeelding in klank kon omskep.
He attempted to say the almost unpronounceable word.
Hy het probeer om die amper onuitspreekbare woord te sê.
A jumble of unlikely letters; "Cthulhu fhtagn".
'n Mengelmoes van onwaarskynlike letters; "Cthulhu fhtagn ".
This verbal jumble was the key to my uncle's recollection.
Hierdie verbale deurmekaarspul was die sleutel tot my oom se herinnering.

This strange sound excited and disturbed Professor Angell.

Hierdie vreemde geluid het Professor Angell opgewonde en ontstel.

He questioned the sculptor with scientific minuteness.

Hy het die beeldhouer met wetenskaplike noukeurigheid uitgevra.

He studied the bas-relief with almost frantic intensity.

Hy het die bas-reliëf met amper paniekerige intensiteit bestudeer.

My uncle blamed his old age, Wilcox afterward said.

My oom het sy ouderdom blameer, het Wilcox later gesê.

In his younger days he would have recognized the hieroglyphics.

In sy jonger dae sou hy die hiërogliewe herken het.

The pictorial design wouldn't have puzzled his sharper mind.

Die prentontwerp sou sy skerper verstand nie verbaas het nie.

Many of his questions seemed highly out of place to his visitor.

Baie van sy vrae het vir sy besoeker heeltemal onvanpas gelyk.

He tried to connect him to strange mythological cults.

Hy het probeer om hom met vreemde mitologiese kultusse te verbind.

He tried to get him to admit affiliation to secret societies.

Hy het probeer om hom te kry om affiliasie met geheime genootskappe te erken.

My uncle even promised to keep his visitor's secret.

My oom het selfs belowe om sy besoeker se geheim te bewaar.

"Are you not part of a widespread mystical group?"

"Is jy nie deel van 'n wydverspreide mistieke groep nie?"

"Are you not a member of a paganly religious body?"

"Is jy nie 'n lid van 'n heidense godsdienstige liggaam nie?"

Eventually he became convinced the sculptor wasn't a member.

Uiteindelik het hy oortuig geraak dat die beeldhouer nie 'n lid was nie.

He was indeed ignorant of any cult or system of cryptic lore.

Hy was inderdaad onkundig oor enige kultus of stelsel van
kriptiese oorlewering.
**He besieged his visitor with demands for future reports of
dreams.**
Hy het sy besoeker beleër met eise vir toekomstige verslae van
drome.
This strange request bore regular and interesting fruit.
Hierdie vreemde versoek het gereelde en interessante vrugte
afgewerp.

***

After the first interview the manuscript records daily calls.
Na die eerste onderhoud teken die manuskrip daaglikse
oproepe op.
He related startling fragments of nocturnal imagery.
Hy het verrassende fragmente van nagtelike beelde vertel.
There were always the same themes in his dreams.
Daar was altyd dieselfde temas in sy drome.
A terrible Cyclopean vista of dark and dripping stone.
'n Verskriklike Siklopiese uitsig van donker en druppende
klip.
**A subterranean voice or intelligence shouting
monotonously.**
'n Ondergrondse stem of intelligensie wat eentonig skree.
Two sounds seemed to repeat themselves in his dreams.
Twee geluide het hulself in sy drome herhaal.
But these sounds were as enigmatic as the other sounds.
Maar hierdie klanke was net so enigmaties soos die ander
klanke.
**The sounds can only be rendered by the letters "Cthulhu"
and "R'lyeh".**
R'lyeh " weergegee word .
**On March 23rd, the manuscript continued, Wilcox failed to
come.**
Op 23 Maart, het die manuskrip voortgegaan, maar Wilcox het
nie opgedaag nie.

My uncle made inquiries at the quarters of his whereabouts.

My oom het by die kwartiere navraag gedoen waar hy is.

That night he had been stricken with an obscure sort of fever.

Daardie nag is hy deur 'n obskure soort koors getref.

And he was taken to the home of his family in Waterman Street.

En hy is na die huis van sy familie in Watermanstraat geneem.

That night he had cried out in one of his dreams.

Daardie nag het hy in een van sy drome uitgeroep.

His cries aroused several other artists in the building.

Sy gehuil het verskeie ander kunstenaars in die gebou wakker gemaak.

And he was between alternations of unconsciousness and delirium.

En hy was tussen afwisselings van bewusteloosheid en delirium.

My uncle at once telephoned the family of Wilcox.

My oom het dadelik die familie van Wilcox gebel.

And from that time forward he kept close watch of the case.

En van daardie tyd af het hy die saak noukeurig dopgehou.

He called often at the Thayer Street office of Dr. Tobey.

Hy het gereeld die kantoor van dr. Tobey in Thayerstraat besoek.

Dr. Tobey was in charge of the patient's condition.

Dr. Tobey was in beheer van die pasiënt se toestand.

The youth's febrile mind was dwelling on strange things.

Die jongman se koorsagtige gemoed het oor vreemde dinge gepeins.

The doctor shuddered now and then as he spoke of the dreams.

Die dokter het nou en dan geril terwyl hy oor die drome gepraat het.

The dreams repeated a lot of the earlier themes.

Die drome het baie van die vorige temas herhaal.

But now his dreams made mention of something new.

Maar nou het sy drome melding gemaak van iets nuuts.

A gigantic thing "a miles high" which walked, or lumbered about.

'n Reusagtige ding "'n myl hoog" wat rondgeloop of geswoeg het.

He at no time fully described this object in any detail.

Hy het hierdie voorwerp op geen stadium volledig in detail beskryf nie.

But Dr. Tobey relayed the frantic words of his patient.

Maar dr. Tobey het die paniekerige woorde van sy pasiënt oorgedra.

And the professor became increasingly certain of what it was.

En die professor het al hoe sekerder geword van wat dit was.

The nameless monstrosity he had sought to depict in his sculpture.

Die naamlose monster wat hy in sy beeldhouwerk probeer uitbeeld het.

The doctor had mentioned the bas-relief he had made.

Die dokter het die bas-reliëf genoem wat hy gemaak het.

This mention preludes the young man's subsidence into lethargy.

Hierdie vermelding lui die jongman se insinking in lusteloosheid in.

His temperature, oddly enough, was not greatly above normal.

Sy temperatuur was, vreemd genoeg, nie veel bo normaal nie.

But his general condition suggested he was in a fever.

Maar sy algemene toestand het daarop gedui dat hy koors gehad het.

A fever, as opposed to being in the grasp of a mental disorder.

'n Koors, in teenstelling met om in die greep van 'n geestesversteuring te wees.

***

On April 2nd at about 3 p.m. the fever came to an end.

Op 2 April omstreeks 15:00 het die koors tot 'n einde gekom.

Every trace of Wilcox's malady suddenly ceased.

Elke spoor van Wilcox se kwaal het skielik opgehou.

He sat upright in bed as if waking up from regular sleep.

Hy het regop in die bed gesit asof hy uit 'n gewone slaap wakker geword het.

He was astonished to find himself at his parents' home.

Hy was verbaas om homself by sy ouers se huis te bevind.

And he was completely ignorant of what had happened.

En hy was heeltemal onkundig oor wat gebeur het.

Neither dream nor reality had made an impression on his mind.

Nóg droom nóg werklikheid het 'n indruk op sy gedagtes gemaak.

Dr. Tobey pronounced him fit to be dismissed from his care.

Dr. Tobey het hom geskik verklaar om uit sy sorg ontslaan te word.

And he returned to his quarters three days later.

En drie dae later het hy na sy kwartiere teruggekeer.

But to Professor Angell he was of no further assistance.

Maar vir professor Angell was hy van geen verdere hulp nie.

All traces of strange dreaming had vanished with his recovery.

Alle spore van vreemde drome het met sy herstel verdwyn.

For a week he recounted irrelevant and thoroughly usual visions.

'n Week lank het hy irrelevante en heeltemal gewone visioene vertel.

And my uncle kept no further record of his night-thoughts.

En my oom het geen verdere rekord van sy naggedagtes gehou nie.

At this point the first part of the manuscript ended.

Op hierdie punt het die eerste deel van die manuskrip geëindig.

But my research was still anything but concluded.

Maar my navorsing was steeds alles behalwe afgehandel.

References to scattered notes helped piece things together.

Verwysings na verspreide notas het gehelp om dinge bymekaar te kry.

And there was more than enough material for thought.

En daar was meer as genoeg stof tot nadenke.

My distrust of the artist had still not subsided.

My wantroue teenoor die kunstenaar het steeds nie bedaar nie.

But this was largely a result of my ingrained skepticism.

Maar dit was grootliks 'n gevolg van my diepgewortelde skeptisisme.

The notes described the dreams of various persons.

Die notas het die drome van verskeie persone beskryf.

These dreams all occurred while young Wilcox was in his fever.

Hierdie drome het almal plaasgevind terwyl die jong Wilcox koorsagtig was.

My uncle, it seems, wasted no time in collecting the data.

Dit lyk asof my oom geen tyd gemors het met die insameling van die data nie.

He had quickly instituted a prodigiously far-flung body of inquiries.

Hy het vinnig 'n buitengewoon wydverspreide ondersoek ingestel.

Any friend that didn't show impertinence he questioned.

Enige vriend wat nie onbeskoftheid getoon het nie, het hy bevraagteken.

He requested from them nightly reports of their dreams.

Hy het hulle elke nagtelike verslae van hul drome versoek.

And he asked if they had had any notable visions of late.

En hy het gevra of hulle onlangs enige noemenswaardige visioene gehad het.

The reception of his request seems to have been varied.

Die ontvangs van sy versoek blyk uiteenlopend te gewees het.

But there was certainly no shortage in replies.

Maar daar was beslis geen tekort aan antwoorde nie.

No ordinary man could have handled the replies alone.

Geen gewone man sou die antwoorde alleen kon hanteer nie.

The original correspondences were not preserved.
Die oorspronklike korrespondensie is nie bewaar nie.
But his notes formed a thorough and significant digest.
Maar sy notas het 'n deeglike en betekenisvolle samevatting gevorm.

***

Initially he had approached average people in society.
Aanvanklik het hy die gewone mense in die samelewing benader.
New England's traditional "salt of the earth".
Nieu-Engeland se tradisionele "sout van die aarde".
But this group gave an almost completely negative result.
Maar hierdie groep het 'n byna heeltemal negatiewe resultaat gelewer.
Though there were some exceptions to this group too.
Alhoewel daar ook 'n paar uitsonderings op hierdie groep was.
Scattered cases of uneasy but formless nocturnal impressions.
Verspreide gevalle van ongemaklike maar vormlose nagtelike indrukke.
Their reports were always between March 23rd and April 2nd.
Hul verslae was altyd tussen 23 Maart en 2 April.
This aligned with the same period of young Wilcox's delirium.
Dit het ooreengestem met dieselfde tydperk van die jong Wilcox se delirium.
Men of science had been only a little more affected.
Manne van wetenskap was net 'n bietjie meer geraak.
Though four cases of vague description were of interest.
Alhoewel vier gevalle van vae beskrywing van belang was.
They had had fugitive glimpses of strange landscapes.
Hulle het vlugtende glimpse van vreemde landskappe gehad.

**And in one case a dread of something abnormal was
mentioned.**
En in een geval is 'n vrees vir iets abnormaals genoem.
**It was from the artists and poets that the pertinent answers
came.**
Dit was van die kunstenaars en digters dat die relevante
antwoorde gekom het.
It is a blessing no one had been able to compare notes.
Dit is 'n seën dat niemand notas kon vergelyk nie.
**Panic would have broken loose had they shared their
visions.**
Paniek sou losgebars het as hulle hul visioene gedeel het.
This, however, did not dispel my ingrained skepticism.
Dit het egter nie my diepgewortelde skeptisisme uit die weg
geruim nie.
**Others might have come to mythical conclusions much
quicker.**
Ander sou dalk baie vinniger tot mitiese gevolgtrekkings
gekom het.
But the original letters were lacking from the notes.
Maar die oorspronklike briewe het in die notas ontbreek.
**I half suspected the compiler of having asked leading
questions.**
Ek het die samesteller half daarvan verdink dat hy leidende
vrae gevra het.
Or perhaps the correspondences weren't entirely original.
Of miskien was die korrespondensie nie heeltemal
oorspronklik nie.
Perhaps my uncle had resolved to confirm Wilcox's dreams.
Miskien het my oom besluit om Wilcox se drome te bevestig.
That is why I continued to feel suspicious of the sculptor.
Daarom het ek steeds agterdogtig teenoor die beeldhouer
gevoel.
Perhaps he was still cognizant of my uncle's old data.
Miskien was hy steeds bewus van my oom se ou data.
Perhaps he had been imposing on the veteran scientist.
Miskien het hy die veteraanwetenskaplike opgedring.

Nonetheless, the corroborating data had to be investigated.

Nietemin moes die stawende data ondersoek word.

***

The responses from the esthetes told a disturbing tale.

Die reaksies van die estetici het 'n ontstellende verhaal vertel.

From February 28th to April 2nd their dreams aligned.

Van 28 Februarie tot 2 April het hul drome in lyn gekom.

And a large proportion of them had dreamed very bizarre things.

En 'n groot deel van hulle het baie bisarre dinge gedroom.

The timing of the intensity of their dreams was also of interest.

Die tydsberekening van die intensiteit van hul drome was ook van belang.

The period of the sculptor's delirium marked a highpoint.

Die tydperk van die beeldhouer se delirium het 'n hoogtepunt gemerk.

The intensity of their dreams were immeasurably the stronger.

Die intensiteit van hulle drome was onmeetbaar des te sterker.

Over a quarter reported unfamiliar and unpronounceable sounds.

Meer as 'n kwart het onbekende en onuitspreekbare klanke gerapporteer.

Noises not dissimilar to what Wilcox had also described.

Geluide nie anders as wat Wilcox ook beskryf het nie.

Some described highly elaborate and impossible architecture.

Sommige het hoogs uitgebreide en onmoontlike argitektuur beskryf.

And some of the dreamers confessed to an acute fear.

En sommige van die dromers het 'n akute vrees bely.

Like Wilcox, they had seen some gigantic nameless thing.

Soos Wilcox, het hulle 'n reusagtige naamlose ding gesien.

One case, which the note describes with emphasis, was very sad.

Een geval, wat die nota met klem beskryf, was baie hartseer.

The subject was a widely known architect of the region.

Die onderwerp was 'n wyd bekende argitek van die streek.

He too had leanings toward theosophy and occultism.

Hy het ook neigings tot teosofie en okkultisme gehad.

This man went violently insane on March the 22nd.

Hierdie man het op 22 Maart hewig kranksinnig geword.

The exact same date of young Wilcox's seizure.

Presies dieselfde datum van jong Wilcox se beslaglegging.

He expired several months later, after incessant screaming.

Hy het 'n paar maande later gesterf, na onophoudelike geskreeu.

He begged to be saved from some escaped denizen of hell.

Hy het gesmeek om gered te word van 'n ontsnapte bewoner van die hel.

Regrettably, my uncle did not refer to these cases by name.

Ongelukkig het my oom nie na hierdie gevalle by die naam verwys nie.

Instead, all studies were given nothing more than a number.

In plaas daarvan is alle studies niks meer as 'n nommer gegee nie.

This way I was limited in attempting any personal investigation.

Op hierdie manier was ek beperk in my pogings om enige persoonlike ondersoek te doen.

And corroborating the evidence further was demanding.

En om die bewyse verder te staaf, was veeleisend.

But finally I did succeed in tracing down some cases.

Maar uiteindelik het ek daarin geslaag om 'n paar gevalle op te spoor.

I should have trusted the notes from my uncle.

Ek moes die notas van my oom vertrou het.

They reported their dreams true to their reports.

Hulle het hul drome as waar volgens hul verslae gerapporteer.

I have often wondered what they thought the questioning meant.
Ek het al dikwels gewonder wat hulle gedink het die ondervraging beteken.
It is for the best that no explanation shall ever reach them.
Dit is ten goede dat geen verduideliking hulle ooit sal bereik nie.

***

As I have mentioned, my uncle also collected press clippings.
Soos ek genoem het, het my oom ook persuitknipsels versamel.
These press clippings corresponded to the dates in question.
Hierdie persuitknipsels het ooreengestem met die betrokke datums.
The sources were scattered throughout the globe.
Die bronne was oor die hele wêreld versprei.
Professor Angell must have employed a cutting bureau.
Professor Angell moes 'n snyburo in diens geneem het.
Because the number of extracts was tremendous.
Omdat die aantal uittreksels geweldig was.
There was a parallel to this part of his research.
Daar was 'n parallel met hierdie deel van sy navorsing.
Cases of panic, mania, and eccentricity.
Gevalle van paniek, manie en eksentrisiteit.
One case was a nocturnal suicide in London.
Een geval was 'n nagtelike selfmoord in Londen.
A lone sleeper had leaped from a window after a shocking cry.
'n Eensame slaper het na 'n skokkende gehuil uit 'n venster gespring.
A rambling letter to the editor of a paper in South America.
'n Omslagtige brief aan die redakteur van 'n koerant in Suid-Amerika.
A fanatic deduces a dire future from visions he had had.

'n Fanatikus lei 'n slegte toekoms af uit visioene wat hy gehad het.

A dispatch from California describes a theosophist colony.

'n Verslag uit Kalifornië beskryf 'n teosofiekolonie.

They donned white robes en masse for some "glorious fulfilment".

massaal wit gewade aangetrek vir 'n mate van "glorieryke vervulling".

Although that "glorious fulfilment" never arose.

Alhoewel daardie "glorieryke vervulling" nooit ontstaan het nie.

There seems to be serious unrest from the natives in India.

Dit lyk asof daar ernstige onrus onder die inboorlinge in Indië is.

Voodoo orgies multiplied in Haiti.

Voodoo-orgies het in Haïti vermenigvuldig.

African outposts report ominous mutterings.

Afrikaanse buiteposte rapporteer onheilspellende gemompel.

American officers in the Philippines find certain tribes bothersome.

Amerikaanse offisiere in die Filippyne vind sekere stamme lastig.

New York policemen are mobbed by hysterical Levantines.

New Yorkse polisiemanne word deur histeriese Levantyne bestorm.

This occurred exactly on the night of March 22-23.

Dit het presies op die nag van 22-23 Maart gebeur.

The west of Ireland, too, was full of wild rumor and legendry.

Die weste van Ierland was ook vol wilde gerugte en legendes.

A fantastic painter named Ardois-Bonnot made the news in France.

'n Fantastiese skilder met die naam Ardois-Bonnot het die nuus in Frankryk gehaal.

He hung a blasphemous dream landscape in the Paris spring salon.

Hy het 'n godslasterlike droomlandskap in die Paryse
lentesalon opgehang.
**The recorded troubles in insane asylums were
immeasurable.**
Die aangetekende probleme in kranksinnige inrigtings was
onmeetbaar.
**A miracle must have kept the medical fraternities
unsuspecting.**
'n Wonderwerk moes die mediese broederskappe
niksvermoedend gehou het.
But they never noted the strange parallelisms of the cases.
Maar hulle het nooit die vreemde parallellismes van die
gevalle opgemerk nie.
Else they too would have come to mystified conclusions.
Anders sou hulle ook tot verwarrende gevolgtrekkings gekom
het.
**I must confess these were indeed a set of weird paper
cuttings.**
Ek moet erken dat dit inderdaad 'n stel vreemde
papierknipsels was.
My uncle had put forward a convincing argument.
My oom het 'n oortuigende argument aangevoer.
I can't explain how I set the evidence aside.
Ek kan nie verduidelik hoe ek die bewyse opsy gesit het nie.
But my callous rationalism took the upper hand.
Maar my gevoellose rasionalisme het die oorhand gekry.
And I was still suspicious of the young sculptor, Wilcox.
En ek was steeds agterdogtig teenoor die jong beeldhouer,
Wilcox.
**He must have known of the older matters mentioned by the
professor.**
Hy moes geweet het van die ouer sake wat deur die professor
genoem is.

The Tale of Inspecter Legrasse
Die verhaal van inspekteur Legrasse

Let me turn your attention away from the young sculptor.
Laat ek jou aandag van die jong beeldhouer afwend.
And let us focus on the second half of the manuscript.
En laat ons fokus op die tweede helfte van die manuskrip.
A few dreams alone would not have been so significant.
'n Paar drome alleen sou nie so betekenisvol gewees het nie.
The bas-relief could have been dismissed as a hoax.
Die bas-reliëf kon as 'n foefie afgemaak gewees het.
But my uncle had previously been primed to take interest.
Maar my oom was voorheen gereed om belangstelling te toon.
Wilcox's dream seemed to have a link to past events.
Wilcox se droom het blykbaar 'n skakel met gebeure in die verlede gehad.
It wasn't the first time that he had heard that word.
Dit was nie die eerste keer dat hy daardie woord gehoor het nie.
The ominous syllables perhaps written as "Cthulhu".
Die onheilspellende lettergrepe is miskien as "Cthulhu" geskryf.
He had seen and heard of similar descriptions before.
Hy het al voorheen soortgelyke beskrywings gesien en gehoor.
The hellish outlines of the nameless monstrosity.
Die helse buitelyne van die naamlose monster.
He had previously puzzled over the same hieroglyphics.
Hy het voorheen oor dieselfde hiërogliewe gewonder.
All this produced a horrible connection of events.
Dit alles het 'n verskriklike verband van gebeure veroorsaak.
It is no wonder he pursued young Wilcox with queries.
Dit is geen wonder dat hy die jong Wilcox met navrae agtervolg het nie.
And we must not be surprised he interrogated Wilcox so.
En ons moet nie verbaas wees dat hy Wilcox so ondervra het nie.
This earlier experience had come in the year of 1908.

Hierdie vroeëre ervaring het in die jaar 1908 plaasgevind.

Seventeen years before Wilcox came to my great-uncle.

Sewentien jaar voordat Wilcox na my grootoom gekom het.

The archeological society were meeting in St. Louis.

Die argeologiese vereniging het in St. Louis vergader.

Professor Angell had a prominent part in the deliberations.

Professor Angell het 'n prominente rol in die beraadslagings gespeel.

His responsibilities befitted one of his authority.

Sy verantwoordelikhede het een van sy gesagsposisies gepas .

He was one of the first to be approached by several outsiders.

Hy was een van die eerstes wat deur verskeie buitestaanders genader is.

They took advantage of the convocation to offer questions.

Hulle het van die geleentheid gebruik gemaak om vrae te stel.

They hoped for correct answering from an expert.

Hulle het gehoop op 'n korrekte antwoord van 'n kenner.

They each had very peculiar types of problems.

Hulle het elkeen baie eienaardige soorte probleme gehad.

And they required very different types of solutions.

En hulle het baie verskillende soorte oplossings benodig.

The chief of these was a common-looking middle-aged man.

Die hoof hiervan was 'n gewone middeljarige man.

And he quickly became the meeting's focus of interest.

En hy het vinnig die fokus van belangstelling van die vergadering geword.

***

He had traveled to St. Louis all the way from New Orleans.

Hy het al die pad van New Orleans na St. Louis gereis.

He had come to the meeting for special information.

Hy het na die vergadering gekom vir spesiale inligting.

Knowledge that could not be unobtained from local source.

Kennis wat nie van plaaslike bron verkry kon word nie.

His name was John Raymond Legrasse, police inspector.

Sy naam was John Raymond Legrasse, polisie-inspekteur.

He bore with him the mysterious subject of his inquiries.

Hy het die geheimsinnige onderwerp van sy ondersoeke saam met hom gedra.

A grotesque and apparently very ancient stone statuette.

'n Groteske en skynbaar baie antieke klipbeeldjie.

A statuette whose origin no one had been able to determine.

'n Beeldjie waarvan niemand die oorsprong kon vasstel nie.

But don't assume Inspector Legrasse was an archeologist.

Maar moenie aanvaar dat Inspekteur Legrasse ' n argeoloog was nie.

He had very little interest in archeology, nor mythology.

Hy het baie min belangstelling in argeologie of mitologie gehad.

His wish for enlightenment had rather different motivations.

Sy wens vir verligting het nogal verskillende motiverings gehad.

He was prompted to come by purely professional considerations.

Hy is deur suiwer professionele oorwegings aangespoor om te kom.

The statuette had been captured as part of a police raid.

Die beeldjie is as deel van 'n polisie-klopjag gekonfiskeer.

Although whether it was even a statuette wasn't determined.

Alhoewel of dit selfs 'n beeldjie was, is nie bepaal nie.

It could also have been an idol, magic fetish, or charm.

Dit kon ook 'n afgod, magiese fetisj of towerkrag gewees het.

Whatever it was, it had been captured some months previously.

Wat dit ook al was, dit is 'n paar maande tevore gevange geneem.

A meeting was being held in the wooded swamps of New Orleans.

'n Vergadering is in die beboste moerasse van New Orleans gehou.

The police had been tipped of about a supposed voodoo meeting.
Die polisie is in kennis gestel van 'n vermeende voodoo-byeenkoms.
Strange and hideous rites connected with the voodoo circle.
Vreemde en afskuwelike rituele wat met die voodoo-sirkel verband hou.
The police could not but realize what they had stumbled on.
Die polisie kon nie anders as om te besef waarop hulle afgekom het nie.
A dark cult previously totally unknown to the authorities.
'n Donker kultus wat voorheen heeltemal onbekend was aan die owerhede.
Infinitely more sinister than what an outsider could expect.
Oneindig meer sinister as wat 'n buitestaander sou kon verwag.
More diabolic than the blackest of the African voodoo circles.
Meer diabolies as die swartste van die Afrikaanse voodoo-kringe.
Unbelievable tales were extorted from the captured cult members.
Ongelooflike verhale is van die gevange kultuslede afgedwing.
But nothing of the relic's origin could be discovered.
Maar niks van die oorsprong van die relikwie kon ontdek word nie.
Hence the anxiety of the police for any antiquarian lore.
Vandaar die angs van die polisie vir enige antikwariese oorlewering.
Ancient mythology might explain the frightful symbol.
Antieke mitologie kan die vreesaanjaende simbool verklaar.
Deeper knowledge could perhaps track the fountain-head.
Dieper kennis kan dalk die fontein opspoor.
Inspector Legrasse was not prepared for the excitement he created.

Inspekteur Legrasse was nie voorbereid op die opwinding wat hy geskep het nie.

One sight of the mysterious object was all that was required.

Een aanblik van die geheimsinnige voorwerp was al wat nodig was.

The assembled men of science were filled with curiosity.

Die versamelde manne van die wetenskap was gevul met nuuskierigheid.

They lost no time in crowding closely around the inspector.

Hulle het geen tyd verloor om dig om die inspekteur saam te drom nie.

And they all tried to get the best look at the diminutive figure.

En hulle het almal probeer om die beste blik op die klein figuur te kry.

***

The genuinely abysmal antiquity inspired wild imagination.

Die werklik afgryslike oudheid het wilde verbeelding geïnspireer.

The strangeness hinted so potently at unopened and archaic vistas.

Die vreemdheid het so kragtig gesinspeel op ongeopende en argaïese uitsigte.

No recognized school of sculpture had animated this terrible object.

Geen erkende skool van beeldhoukuns het hierdie verskriklike voorwerp geanimeer nie.

Yet centuries seemed recorded in the dim and greenish surface.

Tog het eeue gelyk of dit in die dowwe en groenerige oppervlak opgeteken is.

Perhaps thousands of years were hidden in this unplaceable stone.

Miskien was duisende jare in hierdie onvervangbare klip versteek.

The figurine was finally passed slowly from man to man.

Die beeldjie is uiteindelik stadig van man tot man oorgedra.

Each scientist carefully studied the strange markings of the stone.

Elke wetenskaplike het die vreemde merke van die klip noukeurig bestudeer.

The work was between seven and eight inches in height.

Die werk was tussen sewe en agt duim in hoogte.

And the exquisite artistic workmanship must be noted.

En die voortreflike artistieke vakmanskap moet genoem word.

The carvings represented a monster of vaguely anthropoid outline.

Die snywerk het 'n monster met 'n vaagweg antropoïde buitelyn voorgestel.

On the face of the octopus-esque head was a mass of feelers.

Op die gesig van die seekat- agtige kop was 'n massa voelers.

Prodigious claws on hind and fore feet protruded from the body.

Ontsaglike kloue aan die agter- en voorpote het uit die liggaam uitgesteek.

The bloated corpulence had a rubbery looking quality to it.

Die opgeblase liggaamsbou het 'n rubberagtige kwaliteit daaraan gehad.

And from behind the rubbery body came out two narrow wings.

En van agter die rubberagtige lyf het twee smal vlerke uitgekom.

It would be instinctual to think of this thing as fearsome.

Dit sou instinktief wees om hierdie ding as vreesaanjaend te beskou.

There was an unnatural malignancy to the aura of the creature.

Daar was 'n onnatuurlike kwaadaardigheid aan die aura van die skepsel.

The gargantuan squatted evilly on a rectangular block.

Die reus het boos op 'n reghoekige blok gehurk.

The pedestal it was on was covered with undecipherable characters.
Die voetstuk waarop dit was, was bedek met ondissyferbare karakters.
The tips of the wings touched the back edge of the block.
Die punte van die vlerke het die agterrand van die blok geraak.
The creature was sitting on the middle of the giant block.
Die wese het in die middel van die reuseblok gesit.
Its legs were doubled up under its monstrous body.
Sy bene was dubbeld opgevou onder sy monsteragtige liggaam.
The long, curved claws gripped the front edge of the cliff.
Die lang, geboë kloue het die voorrand van die krans vasgegryp.
The cephalopod head was bent forward, observing its kingdom.
Die kop van die koppotige was vorentoe gebuig en het sy koninkryk dopgehou.
The ends of the facial feelers brushed the backs of huge forepaws.
Die punte van die gesigsgevoeliges het die agterkante van groot voorpote geborsel.
And the forepaws clasped the croucher's elevated knees.
En die voorpote het die hurkende se verhewe knieë vasgegryp.
The appearance of the grotesque scene was abnormally lifelike.
Die voorkoms van die groteske toneel was abnormaal lewensgetrou.
But this lifelike quality only added a subtle reason to be more fearful.
Maar hierdie lewensgetroue eienskap het net 'n subtiele rede bygevoeg om meer vreesbevange te wees.
Because we knew nothing about the source of the depiction.
Omdat ons niks van die bron van die uitbeelding geweet het nie.

The creature's vast, awesome, and incalculable age was unmistakable.

Die skepsel se ontsaglike, ontsagwekkende en onberekenbare ouderdom was onmiskenbaar.

But not one link did the depiction show with any known type of art.

Maar nie een skakel het die uitbeelding met enige bekende kunsvorm getoon nie.

Not even the earliest civilizations made reference to this creature.

Nie eens die vroegste beskawings het na hierdie wese verwys nie.

But that is not the only point at which our knowledge failed us.

Maar dit is nie die enigste punt waar ons kennis ons in die steek gelaat het nie.

***

The mineralogy of the stone was also a complete mystery.

Die mineralogie van die klip was ook 'n algehele misterie.

Gold specks dotted the soapy, greenish-black stone.

Goudspikkels het die seepagtige, groenerig-swart klip besaai.

Iridescent striations ran along the length of the stone.

Iriserende strepe het oor die lengte van die klip geloop.

In short, the stone resembled nothing within mineralogy.

Kortom, die klip het niks binne mineralogie gelyk nie.

Geologists hadn't been able to identify the stone either.

Geoloë kon ook nie die klip identifiseer nie.

The hieroglyphs along the stone were equally baffling.

Die hiërogliewe langs die klip was ewe verwarrend.

The writing system was horribly different than other scripts.

Die skryfstelsel was verskriklik anders as ander skrifte.

A representation of half the world's leading experts was present.

'n Verteenwoordiging van die helfte van die wêreld se voorste kenners was teenwoordig.

But no link to any known writing system could be established.

Maar geen skakel na enige bekende skryfstelsel kon vasgestel word nie.

Everything frightfully suggested an old and unhallowed cycle of life.

Alles het vreeslik op 'n ou en onheilige lewensiklus gedui.

A history in which our world and our conceptions played no part.

'n Geskiedenis waarin ons wêreld en ons opvattings geen rol gespeel het nie.

The experts shook their heads, admitting they had been defeated.

Die kenners het hul koppe geskud en erken dat hulle verslaan is.

But one expert did not give up quite so quickly.

Maar een kenner het nie so vinnig moed opgegee nie.

He claimed to have a touch of bizarre familiarity with the subject.

Hy het beweer dat hy 'n tikkie bisarre vertroudheid met die onderwerp het.

The monstrous shape and writing weren't entirely new to him.

Die monsteragtige vorm en skrif was nie heeltemal nuut vir hom nie.

With some diffidence he told of the odd trifle he knew.

Met 'n bietjie skugterheid het hy vertel van die vreemde kleinigheid wat hy geken het.

This person was the late William Channing Webb.

Hierdie persoon was wyle William Channing Webb.

He was professor of anthropology in Princeton University.

Hy was professor in antropologie aan die Universiteit van Princeton.

And he was an explorer of no small significance.

En hy was 'n ontdekkingsreisiger van geen geringe betekenis nie.

***

Forty-eight years ago he was exploring Greenland and Iceland.

Agt-en-veertig jaar gelede het hy Groenland en Ysland verken.

His group were in search of some Runic inscriptions.

Sy groep was op soek na 'n paar Runiese inskripsies.

But the expedition failed to unearth any inscriptions.

Maar die ekspedisie het nie daarin geslaag om enige inskripsies op te grawe nie.

They trekked the heights of West Greenland's coasts.

Hulle het die hoogtes van Wes-Groenland se kusgebiede getrek.

Here they encountered a strange cult of degenerate Eskimos.

Hier het hulle 'n vreemde kultus van ontaarde Eskimo's teëgekom.

Their religion consisted of a form of devil-worship.

Hul godsdiens het uit 'n vorm van duiwelaanbidding bestaan.

And their rituals were deliberately bloodthirsty and repulsive.

En hulle rituele was doelbewus bloeddorstig en afstootlik.

It was a faith of which other Eskimos knew little.

Dit was 'n geloof waarvan ander Eskimo's min geweet het.

Locals shuddered at the mention of their practices.

Plaaslike inwoners het geril toe hulle van hul praktyke gepraat het.

They said their believes came from horribly ancient eons.

Hulle het gesê dat hul oortuigings uit verskriklik antieke eeue kom.

A time before the world as we know it now had ever been made.

'n Tyd voordat die wêreld soos ons dit nou ken ooit gemaak is.

There were human sacrifices and queer hereditary rituals.

Daar was menslike offers en vreemde oorerflike rituele.

And all their worship was directed at a supreme tornasuk.

En al hulle aanbidding was gerig op 'n opperste tornasuk .

Professor Webb had taken a phonetic copy from an aged angekok.

Professor Webb het 'n fonetiese kopie van 'n bejaarde angekok geneem.

He had transcribed the wizard-priest's chants as best he could.

Hy het die towenaar-priester se gesange so goed as wat hy kon getranskribeer.

But currently these transcriptions weren't of prime significance.

Maar tans was hierdie transkripsies nie van groot belang nie.

The cult had a cherished stone that they worshipped.

Die kultus het 'n gekoesterde klip gehad wat hulle aanbid het.

They danced wildly when the aurora leaped over the ice cliffs.

Hulle het wild gedans toe die aurora oor die yskranse spring.

And in the midst of their dance was the strange stone.

En te midde van hulle dans was die vreemde klip.

It was, the professor stated, a very crude bas-relief of stone.

Dit was, het die professor gesê, 'n baie ruwe bas-reliëf van klip.

The stone comprised a hideous picture and some cryptic writing.

Die klip het 'n afskuwelike prentjie en 'n paar kriptiese skrif bevat.

And as far as he could tell this stone was a rough parallel.

En sover hy kon sien, was hierdie klip 'n rowwe parallel.

The stone had all the same essential features of bestial things.

Die klip het al dieselfde essensiële kenmerke van dierlike dinge gehad.

The scientists received this data with suspense and astonishment.

Die wetenskaplikes het hierdie data met spanning en verbasing ontvang.

Even Inspector Legrasse had quickly gained an interest in mythology.

Selfs Inspekteur Legrasse het vinnig 'n belangstelling in mitologie ontwikkel.

And he began at once to ply his informant with questions.

En hy het dadelik begin om sy informant met vrae te stel.

He had notes of the oral ritual of the cult-worshipers in the swamp.

Hy het notas gehad van die mondelinge ritueel van die kultusaanbidders in die moeras.

He besought the professor to remember the diabolist Eskimos' chants.

Hy het die professor gesmeek om die duiwelse Eskimo's se gesange te onthou.

There then followed an exhaustive comparison of details.

Daarna het 'n volledige vergelyking van besonderhede gevolg.

And there then followed a moment of really awed silence.

En toe volg 'n oomblik van werklik ontsaglike stilte.

The Eskimo wizards and the Louisiana swamp-priests were worlds apart.

Die Eskimo-towenaars en die Louisiana-moeraspriesters was wêrelde van mekaar af.

And yet there was a phrase the two hellish rituals had in common.

En tog was daar 'n frase wat die twee helse rituele in gemeen gehad het.

"Ph'nglui mglw'nafh Cthulhu R'lyeh wgah'nagl fhtagn."

" Ph'nglui mglw'nafh Cthulhu R'lyeh wgah'nagl ftagn ."

***

Legrasse had one advantage over Professor Webb.

Legrasse het een voordeel bo professor Webb gehad.

He had spoken to several of his mongrel prisoners.

Hy het met verskeie van sy bastergevangenes gepraat.

Some of them had passed on the phrase's meaning.

Sommige van hulle het die betekenis van die frase oorgedra.

"In his house at R'lyeh dead Cthulhu waits dreaming."

"In sy huis te R'lyeh wag dooie Cthulhu en droom."

So the attention turned back to Inspector Legrasse.
So het die aandag teruggekeer na Inspekteur Legrasse .
And he was probed with many disconnected questions.
En hy is met baie onsamehangende vrae gekonfronteer.
He detailed his experience with the worshipers from the swamp.
Hy het sy ervaring met die aanbidders van die moeras in detail beskryf.
My uncle attached profound significance to the story.
My oom het diepgaande betekenis aan die storie geheg.
The report savored of the wildest dreams of myth-makers.
Die verslag het die wildste drome van mitemakers gesmaak.
Theosophists could not have provided more imagination.
Teosowe kon nie meer verbeelding verskaf het nie.
But the philosophies came from unexpected sources.
Maar die filosofieë het uit onverwagte oorde gekom.
Half-castes and pariahs told these fantastical stories.
Halfkaste en uitgeworpenes het hierdie fantastiese stories vertel.
On November 1st, 1907, his chain of events unfolded.
Op 1 November 1907 het sy reeks gebeure ontvou.
The New Orleans police received desperate calls.
Die polisie in New Orleans het desperate oproepe ontvang.
They were called to the swamp and lagoon country to the south.
Hulle is na die moeras- en strandmeerland in die suide geroep.
The settlers there were mostly primitive, but good-natured.
Die setlaars daar was meestal primitief, maar goedgeaard.
Most living by the swamp were descendants of Lafitte's men.
Die meeste wat langs die moeras gewoon het, was afstammelinge van Lafitte se manne.
But now they were in the grip of stark terror.
Maar nou was hulle in die greep van skreiende vrees.
An unknown thing had stolen upon them in the night.
'n Onbekende ding het hulle in die nag bestorm.

It was voodoo, apparently, that caused the disturbance.
Dit was blykbaar voodoo wat die versteuring veroorsaak het.
But it was a voodoo unlike the other forms of voodoo.
Maar dit was 'n voodoo anders as die ander vorme van
voodoo.
Voodoo of a more terrible sort than they had ever known.
Voodoo van 'n verskrikliker soort as wat hulle ooit geken het.
Some of their women and children had disappeared.
Van hulle vroue en kinders het verdwyn.
A malevolent drumming had begun its incessant beating.
'n Kwaadwillige tromgeluid het sy onophoudelike klop begin.
Far and deep within those dark, black haunted woods.
Ver en diep binne daardie donker, swart spookagtige woude.
There, where no dweller dared to ventured close to.
Daar, waar geen inwoner dit gewaag het om naby te kom nie.
There were insane shouts and harrowing screams.
Daar was waansinnige geskreeu en aangrypende gille.
Soul-chilling chants and dancing devil-flames.
Sielverkoelende gesange en dansende duiwelvlamme.
The messenger and his people could stand it no more.
Die boodskapper en sy mense kon dit nie langer verduur nie.
A body of twenty police set out in the late afternoon.
'n Liggaam van twintig polisiebeamptes het laatmiddag
uitgetrek.
And a shivering settler came with them as a guide.
En 'n bewerige setlaar het saam met hulle gekom as 'n gids.

***

At the end of the passable road they alighted.
Aan die einde van die begaanbare pad het hulle afgeklim.
For miles and miles they splashed on in silence.
Vir kilometers en kilometers het hulle in stilte voortgespat.
And they went on through the terrible cypress woods.
En hulle het deur die verskriklike sipreswoude gegaan.
Dark, dark woods in which day but almost never came.

Donker, donker woude waarin dag maar amper nooit gekom
het nie.
Ugly roots set traps for them in the wet ground.
Lelike wortels stel strikke vir hulle in die nat grond.
Malignant hanging nooses of Spanish moss beset them.
Kwaadaardige hangende toue van Spaanse mos het hulle
omsingel.
In the distance the settlement slowly came into sight.
In die verte het die nedersetting stadig in sig gekom.
Hysterical dwellers ran out of the miserable huts.
Histeriese inwoners het uit die ellendige hutte gehardloop.
They clustered around the group of bobbing lanterns.
Hulle het rondom die groep dobberende lanterns
saamgedrom.
Far, far ahead the cause of all the fear could be heard.
Ver, ver vorentoe kon die oorsaak van al die vrees gehoor
word.
The muffled beat of drums was now faintly audible.
Die gedempte ritme van tromme was nou vaagweg hoorbaar.
At times the wind shifted and revealed different sounds.
Soms het die wind gedraai en verskillende geluide
geopenbaar.
Curdling shrieks were audible at infrequent intervals.
Skimmelende gille was met ongereelde tussenposes hoorbaar.
A reddish glare seemed to filter through the undergrowth.
'n Rooiagtige gloed het gelyk of dit deur die onderbos filter.
The settlers were reluctant to be left alone again.
Die setlaars was huiwerig om weer alleen gelaat te word.
But they point blank refused to move forwards either.
Maar hulle het ook botweg geweier om vorentoe te beweeg.
So the inspector and his colleagues plunged on unguided.
So het die inspekteur en sy kollegas sonder 'n leiding
voortgegaan.
And they went into the black arcades of horror.
En hulle het die swart arcades van gruwel ingegaan.
The region was one of traditionally evil repute.
Die streek was tradisioneel een van 'n slegte reputasie.

The lands were substantially unknown by white men.
Die lande was wesenlik onbekend aan wit mans.
Not many explorers had traversed those regions yet.
Nie baie ontdekkingsreisigers het nog daardie streke
deurkruis nie.
There were also legends of a hidden away lake.
Daar was ook legendes van 'n versteekte meer.
A body of water still unglimpsed by mortal sight.
'n Watermassa nog onaanskou deur sterflike aanskoue.
In the lake it was said there dwelt a strange creature.
Daar is gesê dat daar in die meer 'n vreemde wese gewoon
het.
A huge, formless white polypous thing with luminous eye.
'n Reuse, vormlose wit poliepiese ding met 'n helder oog.
And settlers whispered about bat-winged devils.
En setlaars het gefluister oor vlermuisvlerkduiwels.
They flew up out of caverns from the inner earth.
Hulle het uit grotte van die binneste aarde opgevlieg.
And together the demons worship it at midnight.
En saam aanbid die demone dit om middernag.
They said it had been there before D'Iberville.
Hulle het gesê dit was daar voor D'Iberville.
They said it had been there before La Salle too.
Hulle het gesê dit was ook daar voor La Salle.
They said it was there before the Native Americans.
Hulle het gesê dit was daar voor die Inheemse Amerikaners.
Perhaps it was even there before the wholesome beasts.
Miskien was dit selfs daar voor die gesonde diere.
It was a nightmare itself that made men dream.
Dit was self 'n nagmerrie wat mans laat droom het.
And to see the thing was the same as death.
En om die ding te sien was dieselfde soos die dood.
And so they had enough warning to know to keep away.
En so het hulle genoeg waarskuwing gehad om te weet om
weg te bly.
Because it was indeed where they were warned it was.
Want dit was inderdaad waar hulle gewaarsku is dit was.

The voodoo orgy was on the fringe of this abhorred area.
Die voodoo-orgie was aan die rand van hierdie verafskuwe gebied.
But the location was already bad enough by itself.
Maar die ligging was op sigself reeds sleg genoeg.
The voodoo activities only added to the horror.
Die voodoo-aktiwiteite het net bygedra tot die gruwel.
Perhaps poetry could do justice to the noises heard.
Miskien kan poësie reg laat geskied aan die geluide wat gehoor word.
Otherwise only madness would help one understand.
Andersins sou net waansin 'n mens help verstaan.
But Legrasse's plowed on through the black morass.
Maar Legrasse het deur die swart moeras voortgeploeg.
The sound of the muffled drumming slowly crystalized.
Die geluid van die gedempte tromme het stadig gekristalliseer.
And they continued steadily towards the red glare.
En hulle het bestendig voortgegaan in die rigting van die rooi gloed.

***

There are vocal qualities specific to men.
Daar is vokale eienskappe spesifiek vir mans.
And there are vocal qualities specific to beasts.
En daar is vokale eienskappe spesifiek vir diere.
It is terrible when one makes the sounds of the other.
Dit is verskriklik as die een die geluide van die ander maak.
Animal fury freed them of their human restraint.
Dierewoede het hulle van hul menslike beperkings bevry.
Orgiastic license whipped them into demoniac heights.
Orgiese vryheid het hulle tot demoniese hoogtes opgesweep.
Howls that tore through those perpetually dark woods.
Gehuil wat deur daardie ewig donker woude skeur.
Squawking ecstasies that echoed in everyone's mind.
Krijsende ekstase wat in almal se gedagtes weergalm het.

Sounds like pestilential tempests from the gulfs of hell.
Klink soos verskriklike storms uit die golf van die hel.
Now and then the less organized ululations would cease.
Nou en dan sou die minder georganiseerde ululasies ophou.
A well-drilled chorus of hoarse voices rose in singsong.
'n Goed geoefende koor van hees stemme het in singende sang opgestaan.
And they chanted that hideous phrase of their ritual.
En hulle het daardie afskuwelike frase van hulle ritueel gesing.
"Ph'nglui mglw'nafh Cthulhu R'lyeh wgah'nagl fhtagn"
" Ph'nglui mglw'nafh Cthulhu R'lyeh wgah'nagl ftagn
Then the men reached a spot where the trees were sparser.
Toe bereik die mans 'n plek waar die bome yler was.
Suddenly they come in sight of the spectacle itself.
Skielik kom hulle in sig van die skouspel self.
Four of them reeled from the horrible things they saw.
Vier van hulle het geskok van die verskriklike dinge wat hulle gesien het.
One man fainted, and two were shaken into a frantic cry.
Een man het flou geword, en twee is in 'n paniekbevange gehuil geskud.
Fortunately their screams were not heard by other ears.
Gelukkig is hul gille nie deur ander ore gehoor nie.
The mad cacophony of the orgy deadened their screams.
Die waansinnige kakofonie van die orgie het hul gille gedemp.
Legrasse splashed swamp water on the fainting man.
Legrasse het moeraswater op die flou man gespat.
They stood up again, but nearly hypnotized with horror.
Hulle het weer opgestaan, maar amper gehipnotiseer van afgryse.
In a natural glade of the swamp stood a grassy island.
In 'n natuurlike oopte van die moeras het 'n grasagtige eiland gestaan.
The grassy island extended perhaps for an acre.
Die grasagtige eiland het miskien vir 'n akker gestrek.
And the area was clear of trees and tolerably dry.

En die gebied was vry van bome en redelik droog.
A horde of human abnormality leaped and twisted.
'n Horde menslike abnormaliteit het opgespring en gedraai.
No Sime could paint what the men were seeing.
Geen Sime kon skilder wat die mans gesien het nie.
No Angarola has ever painted such an indescribable scene.
Geen Angarola het nog ooit so 'n onbeskryflike toneel
geskilder nie.
The hybrid spawn made a monstrous ring-shaped bonfire.
Die hibriede kuit het 'n monsteragtige ringvormige
vreugdevuur gemaak.
They brayed bellowed and writhed about in their nudity.
Hulle het gebal, gebrul en rondgewrimmel in hul naaktheid.
Occasionally there were rifts in the curtain of flame.
Af en toe was daar skeure in die vlamgordyn.
And there the object of their worship revealed itself.
En daar het die voorwerp van hulle aanbidding homself
geopenbaar.
In the midst of the fire stood a great granite monolith.
Te midde van die vuur het 'n groot granietmonoliet gestaan.
The stone structure was only about eight feet in height.
Die klipstruktuur was slegs sowat agt voet hoog.
And the noxious carven statuette rested on the monolith.
En die skadelike gekerfde beeldjie het op die monoliet gerus.
The idle was almost incongruous in its diminutiveness.
Die lediging was amper onvanpas in sy kleinheid.
Spaced evenly, scaffolds had been erected around the fire.
Steiers is eweredig rondom die vuur opgerig.
From the scaffolding hung a number of marred bodies.
Van die steierwerk het 'n aantal ontsierde lyke gehang.
The bodies of those that had disappeared from nearby.
Die lyke van diegene wat van naby verdwyn het.
It was inside this circle the ring of worshipers were.
Dit was binne hierdie sirkel die ring van aanbidders was .
And they roared and jumped in the frantic trance.
En hulle het gebrul en opgespring in die paniekbevange
beswyming.

The general direction of the motion was anti-clockwise.

Die algemene rigting van die beweging was antikloksgewys.

The ring of bodies circling around the ring of fire.

Die ring van liggame wat om die ring van vuur sirkel.

One man recollected other details even more concerning.

Een man het ander besonderhede wat selfs meer
kommerwekkend was, onthou.

But perhaps the echoes induced him to hear other things.

Maar miskien het die eggo's hom daartoe gelei om ander
dinge te hoor.

He fancied he heard antiphonal responses to the ritual.

Hy het gedink hy het antifonale reaksies op die ritueel gehoor.

Noises from an unillumined spot deeper within the woods.

Geluide uit 'n onverligte plek dieper in die bos.

This man, Joseph D. Galvez, I later met and questioned.

Hierdie man, Joseph D. Galvez, het ek later ontmoet en
ondervra.

And he proved to indeed be distractingly imaginative.

En hy het inderdaad afleidend verbeeldingryk bewys.

He even hinted at the faint beating of great wings.

Hy het selfs gesinspeel op die dowwe geklop van groot vlerke.

And he suggested there was a glimpse of shining eyes.

En hy het voorgestel dat daar 'n glimp van blinkende oë was.

**And beyond the trees, a mountainous white bulk of
something.**

En anderkant die bome, 'n bergagtige wit massa van iets.

I suppose he had heard too much native superstition.

Ek neem aan hy het te veel inheemse bygeloof gehoor.

But actually the horrified pause was relatively brief.

Maar eintlik was die verskrikte pouse relatief kort.

Duty came first, and they had come to do a job.

Plig het eerste gekom, en hulle het gekom om 'n werk te doen.

***

There must have been nearly a hundred mongrel celebrants.

Daar moes amper 'n honderd baster-vierders gewees het.

But the police were able to rely on their firearms.
Maar die polisie kon op hul vuurwapens staatmaak.
And they plunged determinedly into the nauseous rout.
En hulle het vasberade in die naar roete gedompel.
For five minutes the chaotic din was beyond description.
Vir vyf minute was die chaotiese geraas onbeskryflik.
Wild blows were struck and shots were fired.
Wilde houe is geslaan en skote is afgevuur.
Some escaped arrest by running into the darkness.
Sommige het aan arrestasie ontsnap deur in die donkerte te
hardloop.
They had a better knowledge of the layout of the swamp.
Hulle het 'n beter kennis van die uitleg van die moeras gehad.
But Legrasse and his men caught around half of them.
Maar Legrasse en sy manne het omtrent die helfte van hulle
gevang.
And they counted around forty-seven sullen prisoners.
En hulle het omtrent sewe-en-veertig nors gevangenes getel.
They were forced to put on their clothes again.
Hulle is gedwing om weer hul klere aan te trek.
And they fell into line between two rows of policemen.
En hulle het in 'n ry tussen twee rye polisiemanne geval.
Five of the worshipers lay dead by the fire.
Vyf van die aanbidders het dood by die vuur gelê.
Two severely wounded prisoners were carried away.
Twee ernstig gewonde gevangenes is weggevoer.
Of course the image on the monolith was removed.
Natuurlik is die beeld op die monoliet verwyder.
Legrasse himself took the evidence to the police station.
Legrasse self het die bewysstukke na die polisiestasie geneem.
The trip back to the headquarters was of intense strain.
Die terugreis na die hoofkwartier was van geweldige
spanning.
The men were examined when they got back to civilization.
Die mans is ondersoek toe hulle teruggekeer het na die
beskawing.
The prisoners all proved to be men of a very low type.

Die gevangenes het almal manne van 'n baie lae tipe geblyk te wees.

They were all mixed-blooded, and mentally aberrant.

Hulle was almal gemengde bloed en geestelik afwykend.

Most were seamen by trade, or some similar professions.

Die meeste was seemanne van ambag, of soortgelyke beroepe.

Negroes and mulattoes were sprinkled among them.

Negers en mulatte was onder hulle besprinkel.

But most seemed to be West Indians or Brava Portuguese.

Maar die meeste het gelyk of hulle Wes-Indiërs of Brava-Portugese was.

They primarily came from the Cape Verde Islands.

Hulle het hoofsaaklik van die Kaap Verde-eilande gekom.

They gave the heterogeneous cult a coloring of voodooism.

Hulle het die heterogene kultus 'n kleur van voodooïsme gegee.

But there wasn't even a need to ask too many questions.

Maar daar was nie eens nodig om te veel vrae te vra nie.

The conclusion quickly became manifest by itself.

Die gevolgtrekking het gou vanself duidelik geword.

Something far deeper than negro fetishism was involved.

Iets veel dieper as negerfetisjisme was betrokke.

Although ignorant, but their story was consistent.

Alhoewel onkundig, maar hul storie was konsekwent.

The creatures all spoke of the same central idea.

Die wesens het almal van dieselfde sentrale idee gepraat.

They certainly all shared the same loathsome faith.

Hulle het beslis almal dieselfde afskuwelike geloof gedeel.

They worshiped, so they said, the great old ones.

Hulle het, so het hulle gesê, die grotes oues aanbid.

The great old ones lived long before there were any men.

Die grotes het lank geleef voordat daar enige mense was.

And they came to the young world out of the sky.

En hulle het uit die lug na die jong wêreld gekom.

Those old ones were now gone, they explained.

Daardie oues was nou weg, het hulle verduidelik.

They were now inside the earth and under the sea.

Hulle was nou binne-in die aarde en onder die see.
But their dead bodies found ways to tell their secrets.
Maar hul dooie liggame het maniere gevind om hul geheime
te vertel.
They whispered into the dreams of the first men.
Hulle het in die drome van die eerste manne gefluister.
And the first men formed a cult which has never died.
En die eerste manne het 'n kultus gevorm wat nooit gesterf het
nie.

***

The cult had always existed, and always would exist.
Die kultus het nog altyd bestaan, en sou altyd bestaan.
Their followers were hidden in wastes all over the world.
Hul volgelinge was in woestenye oor die hele wêreld versteek.
Their followers were in dark places explorers overlooked.
Hul volgelinge was in donker plekke wat ontdekkingsreisigers
oor die hoof gesien het.
And they would remain hidden until they were called.
En hulle sou verborge bly totdat hulle geroep is.
When the great priest Cthulhu rises again to the surface.
Wanneer die grootpriester Cthulhu weer na die oppervlak
styg.
When Cthulhu brings the earth again beneath his sway.
Wanneer Cthulhu die aarde weer onder sy heerskappy bring.
**When Cthulhu leaves from his dark house in the mighty city
of R'lyeh.**
R'lyeh verlaat .
Some day he was going call, when the stars were ready.
Eendag sou hy bel, wanneer die sterre gereed was.
And the secret cult will always be waiting to liberate him.
En die geheime kultus sal altyd wag om hom te bevry.
Meanwhile, no more of his story must be told.
Intussen hoef niks meer van sy storie vertel te word nie.
There was a secret even torture could not extract.
Daar was 'n geheim wat selfs marteling nie kon ontrafel nie.

Mankind was not alone among the conscious things of earth.
Die mensdom was nie alleen onder die bewuste dinge van die aarde nie.
Because shapes came out of the dark to visit the faithful few.
Omdat gedaantes uit die donkerte gekom het om die getroue paar te besoek.
But these were not the great old ones.
Maar dit was nie die groot oues nie.
No man had ever seen the great old ones.
Geen man het nog ooit die groot oues gesien nie.
The carven idol was of great Cthulhu.
Die gesnede afgod was van die groot Cthulhu.
None could say whether the others were like him.
Niemand kon sê of die ander soos hy was nie.
No one could read the old writing now.
Niemand kon nou die ou skrif lees nie.
Instead, things were told by word of mouth.
In plaas daarvan is dinge mondelings vertel.
The chanted ritual was not the secret.
Die gesangde ritueel was nie die geheim nie.
The secret was never spoken aloud, only whispered.
Die geheim is nooit hardop gepraat nie, net gefluister.
The chant meant one thing, and one thing alone:
Die gesang het een ding beteken, en net een ding:
"In his house at R'lyeh dead Cthulhu waits dreaming."
"In sy huis te R'lyeh wag dooie Cthulhu en droom."
Only two of the prisoners were found sane enough to be hanged.
Slegs twee van die gevangenes is gesond genoeg bevind om gehang te word.
The rest of them were committed to various institutions.
Die res van hulle was aan verskeie instellings opgedra.
All denied to have taken any part in the ritual murders.
Almal het ontken dat hulle enige deelname aan die rituele moorde gehad het.
They said the killing had been done by something else.
Hulle het gesê die moord is deur iets anders gepleeg.

"The black-winged ones," the each insisted, separately.
"Die swartvlerkiges," het elkeen afsonderlik aangedring.
They had come to them from their immemorial meeting-place.
Hulle het na hulle gekom van hul onheuglike ontmoetingsplek.
They had arisen out from the haunted woodlands.
Hulle het uit die spookagtige woude opgestaan.
But the stories of mysterious allies were inconsistent.
Maar die stories van geheimsinnige bondgenote was teenstrydig.

***

What the police did extract came mainly from one man.
Wat die polisie wel verkry het, het hoofsaaklik van een man gekom.
An immensely aged mestizo named Castro.
'n Ontsaglik bejaarde mestizo met die naam Castro.
He claimed to have sailed to strange ports.
Hy het beweer dat hy na vreemde hawens geseil het.
And he said he had been to the mountains of China.
En hy het gesê hy was in die berge van China gewees.
There he talked with undying leaders of the cult.
Daar het hy met onsterflike leiers van die kultus gepraat.
Old Castro remembered bits of hideous legend.
Ou Castro het stukkies afskuwelike legendes onthou.
His legends paled the speculations of theosophists.
Sy legendes het die spekulasies van teosowe verbleek.
His stories made man seem like a recent creation.
Sy stories het die mens soos 'n onlangse skepping laat lyk.
Even the world was transient in his account of things.
Selfs die wêreld was verganklik in sy weergawe van dinge.
There had been eons when other Things ruled on the earth.
Daar was eeue toe ander Dinge oor die aarde geheers het.
And they had had great cities here on the earth.
En hulle het groot stede hier op die aarde gehad.

The deathless Chinamen told him reserved secrets.
Die onsterflike Chinese het hom gereserveerde geheime vertel.
He had told him their ruins could still be found.
Hy het vir hom gesê dat hulle ruïnes steeds gevind kan word.
There were still Cyclopean stones on islands in the Pacific.
Daar was steeds Siklopiese klippe op eilande in die Stille Oseaan.
They all died vast epochs of time before man came.
Hulle het almal gesterf vir 'n lang tydperk voordat die mens gekom het.
But there were knowledges and practices in ancients arts.
Maar daar was kennis en praktyke in antieke kunste.
Special rituals which could revive them again, in time.
Spesiale rituele wat hulle mettertyd weer kon laat herleef.
In the cycle of eternity their return was inevitable.
In die siklus van die ewigheid was hul terugkeer onvermydelik.
When the stars come round again to the right positions
Wanneer die sterre weer na die regte posisies terugkeer
They had, indeed themselves come from the stars.
Hulle het inderdaad self van die sterre gekom.
"These great old ones," Castro continued.
"Hierdie wonderlike oues," het Castro voortgegaan.
They were not composed entirely of flesh and blood.
Hulle was nie geheel en al uit vlees en bloed saamgestel nie.
They had shape," Castro insisted, confidently.
"Hulle het vorm gehad," het Castro vol selfvertroue volgehou.
And he had strange proof for what he believed.
En hy het vreemde bewyse gehad vir wat hy geglo het.
But the shape they took on was not made of matter.
Maar die vorm wat hulle aangeneem het, was nie van materie gemaak nie.
When the stars were in their right positions.
Toe die sterre in hul regte posisies was.
Then they could plunge from one world to another.
Dan kon hulle van een wêreld na 'n ander duik.
Because they can move themselves through the sky.

Omdat hulle hulself deur die lug kan beweeg.
But when the stars were wrong, they cannot live.
Maar wanneer die sterre verkeerd was, kan hulle nie lewe nie.
And it is true that they no longer live like we do.
En dit is waar dat hulle nie meer soos ons leef nie.
But despite that, they never really die either.
Maar ten spyte daarvan sterf hulle ook nooit regtig nie.
They rest in stone houses in their great city of R'lyeh.
Hulle rus in kliphuise in hul groot stad R'lyeh .
They are preserved by the spells of mighty Cthulhu.
Hulle word bewaar deur die towerspreuke van die magtige
Cthulhu.
So there they lie, unaffected by the passing of time.
So daar lê hulle, onaangeraak deur die verloop van tyd.
And they wait for another glorious resurrection.
En hulle wag vir nog 'n glorieryke opstanding.
When the stars and earth are ready for them again.
Wanneer die sterre en die aarde weer gereed is vir hulle.
But they are still dependent on an outside force.
Maar hulle is steeds afhanklik van 'n eksterne mag.
A force from outside served to liberate their bodies.
'n Mag van buite het gedien om hul liggame te bevry.
The spells preserved them and kept them intact.
Die towerspreuke het hulle bewaar en ongeskonde gehou.
But the spells also kept them from breaking free.
Maar die towerspreuke het hulle ook daarvan weerhou om
vry te breek.
So they could only lie awake in the dark and think.
So kon hulle net in die donker wakker lê en dink.

***

In the meantime uncounted millions of years rolled by.
Intussen het ontelbare miljoene jare verbygerol.
They knew all that was occurring in the universe.
Hulle het geweet van alles wat in die heelal gebeur het.
Because their mode of speech was transmitted thought.

Omdat hulle manier van spraak oorgedra denke was.

Even now they were talking in their tombs.

Selfs nou was hulle besig om in hulle grafte te praat.

Then, after infinities of chaos, the first men came.

Toe, na oneindighede van chaos, het die eerste manne gekom.

The great old ones spoke to the sensitive among them.

Die groot oues het met die sensitiewe onder hulle gepraat.

They spoke to them by molding their dreams.

Hulle het met hulle gepraat deur hul drome te vorm.

Only that way could their language reach the fleshly minds of mammals.

Slegs só kon hulle taal die vleeslike verstande van soogdiere bereik.

Then, whispered Castro, those first men formed the cult.

Toe, fluister Castro, het daardie eerste manne die kultus gevorm.

They organized themselves around small idols.

Hulle het hulself rondom klein afgode georganiseer.

The small idols which the great ones had shown them.

Die klein afgode wat die grotes vir hulle gewys het.

Idols brought from dim eras from dark stars.

Afgode wat uit dowwe eras van donker sterre gebring is.

That cult would never die till the stars came right again.

Daardie kultus sou nooit sterf totdat die sterre weer reg gekom het nie.

The secret priests were going to take great Cthulhu from His tomb.

Die geheime priesters sou die groot Cthulhu uit Sy graf neem.

And they were going to revive His subjects.

En hulle sou Sy onderdane laat herleef.

And then Cthulhu was going to resume His rule of earth.

En toe sou Cthulhu Sy heerskappy oor die aarde hervat.

The right time was going to reveal itself quite clearly.

Die regte tyd sou homself nogal duidelik openbaar.

At that time mankind will have become as the great old ones.

In daardie tyd sal die mensdom soos die grotes van ouds geword het.

They will be free and wild and beyond good and evil.

Hulle sal vry en wild wees en verby goed en kwaad.

Laws and morals are going to be thrown aside.

Wette en morele waardes gaan opsy gegooi word.

All men will be shouting and killing and reveling in joy.

Al die mense sal skree en doodmaak en in vreugde feesvier.

Then the liberated old ones will teach them the new ways.

Dan sal die bevryde oues hulle die nuwe weë leer.

New ways to shout and kill and revel and enjoy.

Nuwe maniere om te skree en dood te maak en te feesvier en te geniet.

And all the earth will flame with a holocaust of ecstasy and freedom.

En die hele aarde sal vlam met 'n slagting van ekstase en vryheid.

Meanwhile the cult had to practice the appropriate rites.

Intussen moes die kultus die toepaslike rituele beoefen.

They had to keep alive the memory of those ancient ways.

Hulle moes die herinnering aan daardie antieke gebruike lewend hou.

And they had to shadow forth the prophecy of their return.

En hulle moes die profesie van hulle terugkeer oorskadu.

In the elder time chosen men spoke with the entombed Old Ones.

In die ou tyd het uitverkore manne met die begrawe Oues gepraat.

The entombed Old Ones spoke to them in their dreams.

Die begrawe Oues het in hul drome met hulle gepraat.

But then something disturbed their means of communication.

Maar toe het iets hul kommunikasiemiddele versteur.

The great stone in the city R'lyeh had sunk beneath the waves.

Die groot klip in die stad R'lyeh het onder die golwe gesink.

And the monoliths and sepulchers were beneath the waters.

En die monoliete en grafte was onder die waters.

Deep waters full of the one primal mystery.

Diep waters vol van die een oer-misterie.

Waters through which not even thought can pass.

Waters waardeur nie eens denke kan vloei nie.

Water that cut off their spectral communication.

Water wat hul spektrale kommunikasie afgesny het.

But the memory of the rites and rituals never died.

Maar die herinnering aan die rituele en rituele het nooit gesterf nie.

And high priests said that the city would rise again.

En die hoëpriesters het gesê dat die stad weer sou opstaan.

When the stars were right Cthulhu was going to return.

Wanneer die sterre reg was, sou Cthulhu terugkeer.

The moldy black spirits of the earth will come out again.

Die muwwe swart geeste van die aarde sal weer uitkom.

Shadowy black spirits full of dim rumors.

Skaduagtige swart geeste vol dowwe gerugte.

***

The spirits collected in caverns beneath forgotten sea-bottoms.

Die geeste het in grotte onder vergete seebodems versamel.

But of those spirits old Castro dared not speak much.

Maar oor daardie geeste het ou Castro nie veel durf praat nie.

And he hurriedly cut himself off from the topic.

En hy het homself haastig van die onderwerp afgesny.

No amount of persuasion could elicit more in this direction.

Geen hoeveelheid oorreding kon meer in hierdie rigting uitlok nie.

No subtlety could convince him to speak of those spirits.

Geen subtiliteit kon hom oortuig om van daardie geeste te praat nie.

The size of the old ones, too, he curiously declined to mention.

Ook die grootte van die oues wou hy nuuskierig geweier om te noem.

And of the cult he spoke very little too.

En oor die kultus het hy ook baie min gepraat.

He thought the center lay amid the pathless deserts of Arabia.

Hy het gedink die middelpunt lê te midde van die padlose woestyne van Arabië.

There in Irem, the City of Pillars, dreams hidden and untouched.

Daar in Irem, die Stad van Pilare, drome verborge en onaangeraak.

This cult was not allied to the European witch-cult.

Hierdie kultus was nie verbonde aan die Europese heksekultus nie.

And the cult was virtually unknown beyond its members.

En die kultus was feitlik onbekend buite sy lede.

No book had ever really hinted of their knowledge.

Geen boek het ooit werklik van hul kennis gesuggereer nie.

Though the deathless Chinamen said the mad Arab Abdul Alhazred came close.

Alhoewel die onsterflike Chinese gesê het die mal Arabier Abdul Alhazred het naby gekom.

He said that there were double meanings in his Necronomicon.

Hy het gesê dat daar dubbele betekenisse in sy Necronomicon was.

The initiated were free to read it if they wanted to.

Die ingewydes was vry om dit te lees as hulle wou.

And they should pay attention to one couplet in particular.

En hulle moet spesifiek aandag gee aan een koeplet.

"That which is not dead can sleep for eternity,"

"Dit wat nie dood is nie, kan vir ewig slaap,"

"And with strange eons even death may die."

"En met vreemde eeue kan selfs die dood sterf."

Legrasse had been deeply impressed by what he heard.

Legrasse was diep beïndruk deur wat hy gehoor het.

And he was not a little bewildered by the tale.
En hy was nie 'n bietjie verstom deur die verhaal nie.
He inquired in vain about the historic affiliations of the cult.
Hy het tevergeefs navraag gedoen oor die historiese
verbintenisse van die kultus.
**Castro, apparently, had told the truth about the oath of
secrecy.**
Castro het blykbaar die waarheid oor die eed van
geheimhouding vertel.
**The authorities at Tulane University could not offer much
help either.**
Die owerhede aan die Universiteit van Tulane kon ook nie
veel hulp bied nie.
**The were not able to shed no light upon neither cult, nor the
image.**
Hulle kon geen lig werp op nóg die kultus nóg die beeld nie.
**And now the detective had come to the highest authorities in
the country.**
En nou het die speurder by die hoogste owerhede in die land
aangekom.
**And he heard none other than Professor Webb' tale in
Greenland.**
En hy het niks anders as Professor Webb se verhaal in
Groenland gehoor nie.

***

Legrasse's tale aroused feverish interest at the meeting.
Legrasse se verhaal het koorsagtige belangstelling by die
vergadering gewek.
The story was not only significant in its implications.
Die storie was nie net betekenisvol in sy implikasies nie.
But the story was also corroborated by the statuette.
Maar die storie is ook deur die beeldjie bevestig.
The excitement echoed in the subsequent correspondence.
Die opgewondenheid het in die daaropvolgende
korrespondensie weergalm.

Those who attended stayed in close contact with each other.
Diegene wat dit bygewoon het, het in noue kontak met
mekaar gebly.
Although scant mention occurs in the formal publications.
Alhoewel skaars melding daarvan in die formele publikasies
voorkom.
Caution is the first care of those accustomed to charlatanry.
Versigtigheid is die eerste sorg van diegene wat gewoond is
aan kwaksalwery.
Impostures are kept out as much as it is possible.
Bedrog word soveel as moontlik uitgehou.
Legrasse for some time lent the image to Professor Webb.
Legrasse het die beeld vir 'n geruime tyd aan professor Webb
geleen.
But at the latter's death the image was returned to him.
Maar met laasgenoemde se dood is die beeld aan hom
terugbesorg.
And the image remains in Legrasse's possession.
En die beeld bly in Legrasse se besit.
This is where I viewed the terrible image not long ago.
Dit is waar ek nie lank gelede die verskriklike beeld gesien het
nie.
The image is unmistakably akin to Wilcox' dream-sculpture.
Die beeld is onmiskenbaar verwant aan Wilcox se
droombeeldhouwerk.
It was no wonder my uncle was so excited by his tale.
Dit was geen wonder dat my oom so opgewonde was oor sy
verhaal nie.
And I'm not surprised he made the efforts he made.
En ek is nie verbaas dat hy die pogings aangewend het wat hy
aangewend het nie.
He had heard everything Legrasse knew of the cult.
Hy het alles gehoor wat Legrasse van die kultus geweet het.
And the strange cultish dreams of a sensitive young man.
En die vreemde kultiese drome van 'n sensitiewe jongman.
The bas-relief just like the one from the swamp.
Die bas-reliëf net soos die een van die moeras.

The addition of the devil tablet in Greenland.

Die toevoeging van die duiwelstablet in Groenland.

The exact same words used in three remote occurrences.

Presies dieselfde woorde wat in drie afgeleë gevalle gebruik word.

The Eskimo diabolists, the mongrels in Louisiana, and then Wilcox.

Die Eskimo-duiweltjies, die basterds in Louisiana, en toe Wilcox.

What other conclusion could one possibly have come to?

Tot watter ander gevolgtrekking kon 'n mens moontlik gekom het?

It's only natural Professor Angel pursued this conclusion.

Dit is net natuurlik dat professor Angel hierdie gevolgtrekking nagestreef het.

And I wouldn't have expected him to be less thorough.

En ek sou nie verwag het dat hy minder deeglik sou wees nie.

My great-uncle was a man of principled academic rigor.

My grootoom was 'n man van beginselvaste akademiese noukeurigheid.

Though privately I also had other plausible theories.

Alhoewel ek privaat ook ander geloofwaardige teorieë gehad het.

I suspected young Wilcox of having heard of the cult.

Ek het die jong Wilcox daarvan verdink dat hy van die kultus gehoor het.

Maybe he had heard of the cult in some indirect way.

Miskien het hy op een of ander indirekte manier van die kultus gehoor.

He could easily have invented a series of dreams.

Hy kon maklik 'n reeks drome uitgedink het.

That way he could heighten and continue the mystery.

Só kon hy die misterie verhoog en voortsit.

The dream-narratives and cuttings collected did of course corroborate.

Die droomvertellings en uitknipsels wat versamel is, het dit natuurlik bevestig.

But the rationalism of my mind had not yet been satisfied.

Maar die rasionalisme van my gemoed was nog nie bevredig
nie.

Coincidences can form highly believable illusions too.

Toevallighede kan ook hoogs geloofwaardige illusies skep.

**And we have to bear in mind the extravagance of the whole
subject.**

En ons moet die buitensporigheid van die hele onderwerp in
gedagte hou.

**So I was led to adopt what I thought the most sensible
conclusions.**

Ek is dus gelei om te aanvaar wat ek as die mees verstandige
gevolgtrekkings beskou het.

I thoroughly studied the manuscript from the beginning.

Ek het die manuskrip van die begin af deeglik bestudeer.

And I correlated the theosophical and anthropological notes.

En ek het die teosofiese en antropologiese notas gekorreleer.

I compared the literature with the cult narrative of Legrasse.

Ek het die literatuur vergelyk met die kultusnarratief van
Legrasse .

I made a trip to Providence to see the sculptor.

Ek het 'n reis na Providence gemaak om die beeldhouer te
sien.

And I intended to give him the rebuke I thought proper.

En ek was van plan om hom die teregwysing te gee wat ek
gepas geag het.

There must be consequences, I felt, for the trick he played.

Daar moes gevolge wees, het ek gevoel, vir die truuk wat hy
gespeel het.

**He had boldly imposed himself upon a learned and aged
man.**

Hy het homself dapperlik op 'n geleerde en bejaarde man
opgedring.

***

Wilcox still lived alone where my uncle had met him.

Wilcox het nog steeds alleen gewoon waar my oom hom ontmoet het.

In the Fleur-de-Lys Building in Thomas Street.

In die Fleur-de-Lys-gebou in Thomasstraat.

A hideous Victorian imitation of Seventeenth Century Breton architecture.

'n Afskuwelike Victoriaanse nabootsing van sewentiende-eeuse Bretonse argitektuur.

The building flaunted its stuccoed front amidst its surroundings.

Die gebou het sy gepleisterde voorkant te midde van sy omgewing pronk.

There were lovely Colonial houses on the ancient hill.

Daar was pragtige Koloniale huise op die antieke heuwel.

And the house stood under the shadow of the finest Georgian steeple in America.

En die huis het onder die skaduwee van die mooiste Georgiese toring in Amerika gestaan.

I found him at work in his rooms, among his sculptures.

Ek het hom aan die werk in sy kamers gevind, tussen sy beeldhouwerke.

The specimens scattered came from a very unique mind.

Die verspreide monsters het uit 'n baie unieke gemoed gekom.

At once I conceded that his genius is indeed profound and authentic.

Ek het dadelik erken dat sy genialiteit inderdaad diepgaand en eg is.

He has crystallized in clay that which Arthur Machen evokes in prose.

Hy het in klei gekristalliseer dit wat Arthur Machen in prosa oproep.

He mirrored in marble the nightmares Clark Ashton Smith put to canvas.

Hy het die nagmerries wat Clark Ashton Smith op doek gesit het, in marmer weerspieël.

He will, I believe, be spoken of one day as one of the great decadents.

Hy sal, glo ek, eendag as een van die groot dekadente beskryf word.

He was dark, frail, and somewhat unkempt in aspect.

Hy was donker, broos en ietwat onverzorgd van voorkoms.

He turned languidly at my knock on his door.

Hy het traag omgedraai toe ek aan sy deur klop.

He didn't rise from his seat when I came in.

Hy het nie van sy sitplek opgestaan toe ek inkom nie.

And he asked me what the purpose of my visit was.

En hy het my gevra wat die doel van my besoek was.

When I told him who I was his interest was piqued.

Toe ek hom vertel wie ek is, is sy belangstelling geprikkel.

My uncle had excited his curiosity by probing his strange dreams.

My oom het sy nuuskierigheid geprikkel deur sy vreemde drome te ondersoek.

Although he had never explained the reason for the study.

Alhoewel hy nooit die rede vir die studie verduidelik het nie.

I did not enlarge his knowledge in this regard.

Ek het sy kennis in hierdie verband nie uitgebrei nie.

But I sought with some subtlety to gain his confidence.

Maar ek het met 'n mate van subtiliteit probeer om sy vertroue te wen.

In a short time I became convinced of his absolute sincerity.

Binne 'n kort tydjie was ek oortuig van sy absolute opregtheid.

He spoke of the dreams in a manner none could mistake.

Hy het van die drome gepraat op 'n manier wat niemand kon misgis nie.

His dreams' subconscious residuum had influenced his art profoundly.

Die onderbewuste residu van sy drome het sy kuns diepgaande beïnvloed.

He showed me a morbid statue of the likes I had never seen before.

Hy het my 'n morbiede standbeeld gewys soos ek nog nooit tevore gesien het nie.

The statue's contours almost made me shake with fear.

Die standbeeld se kontoere het my amper van vrees laat bewe.
The potency of the statue's black suggestion was overbearing.
Die krag van die standbeeld se swart suggestie was oorweldigend.
He could not recall having seen the original of this thing.
Hy kon nie onthou dat hy die oorspronklike van hierdie ding gesien het nie.
But the statue was inspired by his own dream bas-relief.
Maar die standbeeld is geïnspireer deur sy eie droom-basreliëf.
The outlines had formed themselves insensibly under his hands.
Die buitelyne het hulself onmerkbaar onder sy hande gevorm.
It was, no doubt, the giant shape he had raved of in delirium.
Dit was ongetwyfeld die reuse-vorm waaroor hy in delirium gepraat het.
That he really knew nothing of the hidden cult he soon made clear.
Dat hy werklik niks van die verborge kultus geweet het nie, het hy gou duidelik gemaak.
Only my uncle's relentless catechism had given him some clues,
Slegs my oom se meedoënlose katekismus het hom 'n paar leidrade gegee,
And again I strove to explain the obvious conclusions away.
En weer het ek probeer om die voor die hand liggende gevolgtrekkings weg te verduidelik.
How he could possibly have received the weird impressions?
Hoe kon hy moontlik die vreemde indrukke ontvang het?
He talked of his dreams in a strangely poetic fashion.
Hy het op 'n vreemd poëtiese wyse oor sy drome gepraat.
He made me see with terrible vividness the vistas of his dream.
dream.

Hy het my met verskriklike helderheid die uitsigte van sy droom laat sien.

The damp Cyclopean city of slimy green stone.

Die klam Siklopiese stad van slymerige groen klip.

The geometry he oddly said, was all wrong.

Die geometrie wat hy vreemd genoeg gesê het, was heeltemal verkeerd.

And he spoke of what he heard with frightened expectancy.

En hy het met vreesagtige verwagting gepraat oor wat hy gehoor het.

The ceaseless, half-mental calling from underground:

Die onophoudelike, half-geestelike roepstem van ondergronds:

"Cthulhu fhtagn... Cthulhu fhtagn"

"Cthulhu fhtagn ... Cthulhu fhtagn "

These words had formed part of that dreaded ritual.

Hierdie woorde het deel gevorm van daardie gevreesde ritueel.

The ritual the told of dead Cthulhu's dream-vigil.

Die ritueel word vertel van die dooie Cthulhu se droomwaak.

The ritual that told of his stone vault at R'lyeh.

Die ritueel wat vertel het van sy klipkluis by R'lyeh .

And I felt deeply moved, despite my rational beliefs.

En ek het diep geraak gevoel, ten spyte van my rasionele oortuigings.

Wilcox, I was sure, had heard of the cult in some casual way.

Ek was seker Wilcox het op die een of ander terloopse manier van die kultus gehoor.

He spent his time in a mass of equally weird literature.

Hy het sy tyd in 'n massa ewe vreemde literatuur deurgebring.

He must have forgotten the source of his knowledge.

Hy moes die bron van sy kennis vergeet het.

Later the cult had found subconscious expression in his dreams.

Later het die kultus onderbewuste uitdrukking in sy drome gevind.

But this is natural when stories are so impressive.

Maar dis natuurlik wanneer stories so indrukwekkend is.

Finally the cult's ideas manifested themselves in the bas-relief.

Uiteindelik het die kultus se idees hulself in die bas-reliëf gemanifesteer.

And now the subject of the cult manifested itself in the terrible statue.

En nou het die onderwerp van die kultus homself in die verskriklike standbeeld gemanifesteer.

I was convinced his imposture upon my uncle had been very innocent.

Ek was oortuig dat sy bedrog teenoor my oom baie onskuldig was.

He both slightly affected, and slightly ill-mannered.

Hy was beide effens geaffekteerd en effens ongemanierd.

He had a disposition which I could never like.

Hy het 'n geaardheid gehad waarvan ek nooit sou kon hou nie.

But I was willing enough now to admit his genius.

Maar ek was nou gewillig genoeg om sy genialiteit te erken.

And I have no way of denying his honesty either.

En ek het ook geen manier om sy eerlikheid te ontken nie.

Despite my initial feelings, I took leave of him amicably.

Ten spyte van my aanvanklike gevoelens, het ek vriendelik van hom afskeid geneem.

And I wish him all the success his talent promises.

En ek wens hom alle sukses toe wat sy talent belowe.

***

The matter of the cult continued to fascinate me.

Die saak van die kultus het my bly fassineer.

At times I had visions of the personal fame I could attain.

Soms het ek visioene gehad van die persoonlike roem wat ek kon bereik.

I visited New Orleans and talked with Legrasse.

Ek het New Orleans besoek en met Legrasse gepraat .

And I spoke with other policemen of that swamp raid.
En ek het met ander polisiemanne oor daardie moerasaanval
gepraat.
I saw the frightful image with my own eyes.
Ek het die skrikwekkende beeld met my eie oë gesien.
**And I even questioned some of the surviving mongrel
prisoners.**
En ek het selfs sommige van die oorlewende bastergevangenes
ondervra.
Old Castro, unfortunately, had been dead for some years.
Ou Castro was ongelukkig al 'n paar jaar dood.
**What I now heard so graphically at first hand excited me
afresh.**
Wat ek nou so grafies uit die eerste hand gehoor het, het my
opnuut opgewonde gemaak.
Though it was really no more than a detailed confirmation.
Alhoewel dit eintlik niks meer as 'n gedetailleerde bevestiging
was nie.
What they told me I had already read in my uncle's notes.
Wat hulle vir my gesê het, het ek reeds in my oom se notas
gelees.
I felt sure that I was on the track of a very real secret.
Ek was seker dat ek op die spoor van 'n baie werklike geheim
was.
**And I was sure I was going to discover a very ancient
religion.**
En ek was seker ek sou 'n baie antieke godsdiens ontdek.
The discovery would make me an anthropologist of note.
Die ontdekking sou my 'n noemenswaardige antropoloog
maak.
My attitude was still one of absolute rational materialism.
My houding was steeds een van absolute rasionele
materialisme.
**And I wish my attitude to the subject matter had not
changed.**
En ek wens my houding teenoor die onderwerp het nie
verander nie.

I discounted with almost inexplicable perversity the coincidences.

Ek het die toevallighede met byna onverklaarbare perversiteit afgemaak.

The dream notes and odd cuttings collected by Professor Angell.

Die droomnotas en vreemde uitknipsels wat deur Professor Angell versamel is.

One thing I began to doubt was the cause of my uncle's death.

Een ding waaraan ek begin twyfel het, was die oorsaak van my oom se dood.

I began to suspect his death was far from natural.

Ek het begin vermoed dat sy dood ver van natuurlik was.

And I now fear I know my uncle's death was not natural.

En ek vrees nou dat ek weet my oom se dood nie natuurlik was nie.

It was on a narrow hill street where he fell.

Dit was op 'n nou heuwelstraat waar hy geval het.

The street lead up from the ancient waterfront.

Die straat lei op vanaf die antieke waterfront.

The port-town swarms with foreign mongrels.

Die hawestad wemel van buitelandse basterds.

He fell after a careless push from a negro sailor.

Hy het geval na 'n sorgelose stoot van 'n swart matroos.

I had not forgotten the mixed blood of the cult-members in Louisiana.

Ek het nie die gemengde bloed van die kultuslede in Louisiana vergeet nie.

I had not forgotten the sailors in the voodoo orgy.

Ek het die matrose in die voodoo-orgie nie vergeet nie.

And would not be surprised to learn that they had other knowledge too.

En sou nie verbaas wees om te hoor dat hulle ook ander kennis gehad het nie.

Secret methods as anciently known as the cryptic rites.

Geheime metodes so ouds bekend as die kriptiese rituele.

Poison needles as ruthless their demonic beliefs.
Gifnaalde as meedoënloos hul demoniese oortuigings.
Legrasse and his men, it is true, have been let alone.
Legrasse en sy manne, dit is waar, is alleen gelaat.
But in Norway a certain seaman who saw things is dead.
Maar in Noorweë is 'n sekere seeman wat dinge gesien het,
dood.
**Might not sinister ears have picked up my uncle's interest in
the sculptor?**
Het onheilspellende ore nie dalk my oom se belangstelling in
die beeldhouer geprikkel nie?
**Might not the deeper inquiries of my uncle have drawn
someone's attention?**
Kon die dieper navrae van my oom nie iemand se aandag
getrek het nie?
I think Professor Angell died because he knew too much.
Ek dink Professor Angell is dood omdat hy te veel geweet het.
Or he died because he was likely to learn too much.
Of hy is dood omdat hy waarskynlik te veel sou leer.
Whether I shall go out as he did remains to be seen.
Of ek soos hy sal uitgaan, bly nog te siene.
Because I too have learned much about Cthulhu.
Want ek het ook baie oor Cthulhu geleer.

The Madness from the Sea
Die Waansin uit die See

There is one great boon heaven could grant me.
Daar is een groot seën wat die hemel my kan skenk.
The total effacing of the results of a mere chance.
Die totale uitwissing van die resultate van 'n blote toeval.
I wish I had never seen that stray piece of paper.
Ek wens ek het nooit daardie verdwaalde stukkie papier
gesien nie.
My daily routine would normally not have taken me there.
My daaglikse roetine sou my normaalweg nie daarheen
geneem het nie.
On any other day I would not have noticed anything.
Op enige ander dag sou ek niks opgemerk het nie.
It was an old number of an Australian journal.
Dit was 'n ou nommer van 'n Australiese tydskrif.
The Sydney Bulletin for April 18, 1925
Die Sydney Bulletin vir 18 April 1925
The paper had even slipped past the cutting bureau.
Die koerant het selfs verby die snyburo geglip.
I had largely given over my inquiries to a friend.
Ek het my navrae grotendeels aan 'n vriend oorgegee.
He had taken on the work of most of the research.
Hy het die werk van die meeste van die navorsing oorgeneem.
He had come to refer to the group as the "Cthulhu Cult".
Hy het na die groep as die "Cthulhu-kultus" verwys.
I was visiting my learned friend of Paterson, New Jersey.
Ek het my geleerde vriend van Paterson, New Jersey, besoek.
The curator of a local museum, and a mineralogist of note.
Die kurator van 'n plaaslike museum, en 'n mineraloog van
naam.
While at his museum I had access to the reserved specimens.
Terwyl ek by sy museum was, het ek toegang tot die
gereserveerde eksemplare gehad.
And this is when an odd picture caught my attention.
En dit is toe dat 'n vreemde prentjie my aandag getrek het.

Beneath one of the stones was the Sydney Bulletin I mentioned.

Onder een van die klippe was die Sydney Bulletin wat ek genoem het.

My friend has wide affiliations in all conceivable foreign lands.

My vriend het wye verbintenisse in alle denkbare buitelandse lande.

The picture was a half-tone cut of a hideous stone image.

Die prent was 'n halftoonsnit van 'n afskuwelike klipbeeld.

Almost identical with the stone Legrasse had found in the swamp.

Byna identies aan die klip wat Legrasse in die moeras gevind het.

Eagerly I read the article for its precious contents.

Ek het die artikel gretig gelees vir sy kosbare inhoud.

But I was disappointed to find that it was just a short article.

Maar ek was teleurgesteld om te vind dat dit net 'n kort artikel was.

Although brief, the information was of portentous significance.

Alhoewel kort, was die inligting van onheilspellende betekenis.

***

"MYSTERY DERELICT FOUND AT SEA"

"GEHEIMERIEWE VERLATE HUIS OP SEE GEVIND"

Vigilant Arrives With Helpless Armed New Zealand Yacht in Tow.

Waaksaam arriveer met hulpelose gewapende Nieu-Seelandse seiljag in sleeptou.

One Survivor and one Dead Man Found Aboard.

Een oorlewende en een dooie man aan boord gevind.

Tale of Desperate Battle and Deaths at Sea.

Verhaal van desperate stryd en sterftes op see.

Rescued Seaman Refuses Particulars of Strange Experience.

Geredde seeman weier besonderhede van vreemde ervaring.

Odd Idol Found in His Possession, Inquiry to Follow.

Vreemde afgod in sy besit gevind, navraag volg.

The Alert of Dunedin yacht, N.Z., had been disabled in battle.

Die Alert van Dunedin-seiljag, NZ, is in die geveg buite werking gestel.

Previously the ship had left from Valparaiso on March 25th.

Voorheen het die skip op 25 Maart vanaf Valparaiso vertrek.

On April 2nd the ship was driven considerably south of her course.

Op 2 April is die skip aansienlik suid van haar koers gedryf.

Exceptionally heavy storms had redirected the ship.

Buitengewoon hewige storms het die skip herlei.

Monster waves forced the ship to take a different route.

Monstergolwe het die skip gedwing om 'n ander roete te neem.

On April 12th the ship was sighted by another ship.

Op 12 April is die skip deur 'n ander skip gesien.

Latitude 34° 21', Longitude 152° 17'

Breedtegraad 34° 21', Lengtegraad 152° 17'

Initially they thought the ship had been deserted.

Aanvanklik het hulle gedink die skip was verlate.

But one still living man had been found on board.

Maar een lewende man is aan boord gevind.

This lone survivor was in a half-delirious condition.

Hierdie enigste oorlewende was in 'n half-deliriese toestand.

The only other victim found was a man already dead a week.

Die enigste ander slagoffer wat gevind is, was 'n man wat reeds 'n week dood was.

Now the heavily armed steam yacht was being towed.

Nou is die swaar bewapende stoomjag gesleep.

And this morning the ship was coming in to its wharf.

En vanoggend het die skip na sy kaai gekom.

The living man was clutching a horrible stone idol.

Die lewende man het 'n verskriklike klipbeeld vasgeklem.

The stone idol was about a foot in height.

Die klipbeeld was omtrent 'n voet hoog.

And the origins of the stone were completely unknown.

En die oorsprong van die klip was heeltemal onbekend.

Authorities at Sydney university were baffled.

Owerhede aan die Universiteit van Sydney was verstom.

The Royal Society couldn't offer information about the idol.

Die Royal Society kon geen inligting oor die afgod verskaf nie.

And the Museum in College street had no insights either.

En die Museum in Collegestraat het ook geen insigte gehad nie.

The survivor says he found the stone in the cabin of the yacht.

Die oorlewende sê hy het die klip in die kajuit van die seiljag gevind.

Allegedly the idol was in a small carved shrine.

Na bewering was die afgod in 'n klein gekerfde heiligdom.

And the carvings of the shrine were of common pattern.

En die snywerk van die heiligdom was van 'n algemene patroon.

This man eventually recovered back to his senses.

Hierdie man het uiteindelik weer tot sy sinne gekom.

And he told an exceedingly strange story of piracy and slaughter.

En hy het 'n buitengewoon vreemde verhaal van seerowery en slagting vertel.

He is Gustaf Johansen, a Norwegian of some intelligence.

Hy is Gustaf Johansen, 'n Noorweër van ietwat intelligensie.

And he had been second mate of the two-masted schooner Emma of Auckland.

En hy was tweede stuurman van die tweemas-skoener Emma van Auckland.

The ship sailed for Callao February 20th, manned by eleven sailors.

Die skip het op 20 Februarie na Callao vertrek, beman deur elf matrose.

The ship, he says, was delayed and thrown widely south of her course.

Die skip, sê hy, was vertraag en wyd suid van haar koers geslinger.

There was a great storm on March 1st, and on March 22nd.

Daar was 'n groot storm op 1 Maart en op 22 Maart.

On their journey they encountered another ship.

Op hul reis het hulle 'n ander skip teëgekom.

This was in S. Latitude 49° 51′, W. Longitude 128° 34′

Dit was in S. Breedtegraad 49° 51′, W. Lengtegraad 128° 34′

This ship was manned by a queer and evil-looking crew.

Hierdie skip is beman deur 'n vreemde en boos-uitsienende bemanning.

All the men were of Kanakas and half-castes.

Al die mans was van Kanakas en halfkaste.

Being ordered peremptorily to turn back, Capt. Collins refused.

Nadat Kaptein Collins dringend beveel is om terug te draai, het hy geweier.

Without warning the strange crew began to shoot savagely upon the schooner.

Sonder waarskuwing het die vreemde bemanning wreed op die skoener begin skiet.

They shot a peculiarly heavy battery of brass cannon.

Hulle het 'n eienaardig swaar battery koperkanonne afgeskiet.

The men from his ship showed fighting spirit, says the survivor.

Die manne van sy skip het veggees getoon, sê die oorlewende.

The schooner began to sink from shots beneath the waterline.

Die skoener het begin sink van skote onder die waterlyn.

But they managed to heave alongside their enemy boat, and board her.

Maar hulle het daarin geslaag om langs hul vyandelike boot te vaar en aan boord te gaan.

They grappled with the savage crew on the yacht's deck.

Hulle het met die wrede bemanning op die seiljag se dek geworstel.

Their mode of fighting seemed to be strangely clumsy.

Hul manier van veg het vreemd lomp gelyk.

But defeat did not seem to be an option for these savage men.

Maar nederlaag het nie 'n opsie vir hierdie barbaarse manne gelyk nie.

They had a particularly abhorrent and desperate way of fighting.

Hulle het 'n besonder afskuwelike en desperate manier van veg gehad.

So they had no choice but to kill all men of the enemy ship.

So hulle het geen ander keuse gehad as om al die manne van die vyandelike skip dood te maak nie.

Three of their men were also killed in the fight.

Drie van hul mans is ook in die geveg dood.

Capt. Collins and First Mate Green were among the dead.

Kapt. Collins en Eerste Stuurman Green was onder die dooies.

Second Mate Johansen took over control from First Mate Green.

Tweede stuurman Johansen het die beheer van eerste stuurman Green oorgeneem.

And the remaining eight men proceeded to navigate the captured yacht.

En die oorblywende agt mans het voortgegaan om die gekaapte seiljag te navigeer.

They proceeded to continue in the original direction they were going.

Hulle het voortgegaan in die oorspronklike rigting waarin hulle gegaan het.

To see if there had been any reason they were ordered to turn around.

Om te sien of daar enige rede was dat hulle beveel is om om te draai.

***

The next day, it appears, they landed on a small island.

Die volgende dag, so blyk dit, het hulle op 'n klein eilandjie geland.

Although no island is known to exist in that part of the ocean.

Alhoewel geen eiland bekend is om in daardie deel van die oseaan te bestaan nie.

Six of the men somehow died ashore while on the island.

Ses van die mans het op die een of ander manier aan wal gesterf terwyl hulle op die eiland was.

Though Johansen is queerly reticent about this part of his story.

Alhoewel Johansen vreemd terughoudend is oor hierdie deel van sy storie.

And he speaks only of their falling into a rock chasm.

En hy praat net van hulle val in 'n rotsafgrond.

Later, it seems, he and one companion boarded the yacht.

Later, so lyk dit, het hy en een metgesel aan boord van die seiljag gegaan.

Together they tried to sail the ship, undermanned.

Saam het hulle probeer om die skip te seil, onderbeman.

But they were beaten about by the storm of April 2nd.

Maar hulle is deur die storm van 2 April rondgeslaan.

From that time till his rescue on the 12th, the man remembers little.

Van daardie tyd tot sy redding op die 12de, onthou die man min.

And he does not even recall when William Briden, his companion, died.

En hy onthou nie eens wanneer William Briden, sy metgesel, gesterf het nie.

Autopsy could reveal no obvious cause to Briden's death.

Die lykskouing kon geen duidelike oorsaak vir Briden se dood aan die lig bring nie.

The most likely cause of death is exposure to the elements.

Die mees waarskynlike oorsaak van dood is blootstelling aan die elemente.

**The Dunedin reported that their boat, the Alert, was well
known.**

Die Dunedin het berig dat hul boot, die Alert, welbekend was.

**The island traders bore an evil reputation along the
waterfront.**

Die eilandhandelaars het 'n slegte reputasie langs die
waterfront gehad.

The ship was owned by a curious group of half-castes.

Die skip was in besit van 'n eienaardige groep halfkaste.

**Frequent meetings and night trips to the woods attracted
curiosity.**

Gereelde vergaderings en nagtelike uitstappies na die bos het
nuuskierigheid geprikkel.

The ship had set sail in great haste on March 1st.

Die skip het op 1 Maart in groot haas vertrek.

Just after the storm, and the earth tremors that night.

Net na die storm, en die aardbewings daardie nag.

**Our Auckland correspondent gives the Emma excellent
reputation.**

Ons Auckland-korrespondent gee die Emma 'n uitstekende
reputasie.

The Crew from the Emma were held very in high regard.

Die bemanning van die Emma is baie hoog geag.

And Johansen is described as a sober and worthy man.

En Johansen word beskryf as 'n nugter en waardige man.

The admiralty will institute an inquiry on the whole matter.

Die admiraliteit sal 'n ondersoek oor die hele saak instel.

Starting tomorrow they will collect all relevant information.

Van môre af sal hulle alle relevante inligting insamel.

Every effort will be made to induce Johansen to speak.

Alles moontlik sal gedoen word om Johansen te oorreed om te
praat.

**This and the hellish image were all the information I had to
go on.**

Dit en die helse beeld was al die inligting wat ek gehad het om
op voort te gaan.

But what a train of ideas that little information started in my mind!

Maar wat 'n trein van idees het daardie bietjie inligting in my gedagtes begin!

Here were new treasuries of data on the Cthulhu Cult.

Hier was nuwe skatkis van data oor die Cthulhu-kultus.

The cult not only had interests on land.

Die kultus het nie net belange op grond gehad nie.

Now there was evidence they also had connections to the sea.

Nou was daar bewyse dat hulle ook verbintenisse met die see gehad het.

What motive prompted the hybrid crew to order back the Emma?

Watter motief het die hibriede bemanning aangespoor om die Emma terug te bestel?

Why did they sail about with their hideous idol?

Waarom het hulle rondgeseil met hulle afskuwelike afgod?

What was the unknown island on which six of the Emma's crew had died?

Wat was die onbekende eiland waarop ses van die Emma se bemanning gesterf het?

And why was Johansen so secretive about their death?

En hoekom was Johansen so geheimsinnig oor hul dood?

What had the vice-admiralty's investigation brought out?

Wat het die vise-admiraliteit se ondersoek opgelewer?

And what was known of the noxious cult in Dunedin?

En wat was bekend oor die skadelike kultus in Dunedin?

Nor could one help but marvel at the timing of the events.

'n Mens kon ook nie anders as om te verwonderd te wees oor die tydsberekening van die gebeure nie.

There was a deep and more than natural linkage between the dates.

Daar was 'n diep en meer as natuurlike verband tussen die datums.

A malign and now undeniable significance to the various turns of events.

'n Kwaadaardige en nou onmiskenbare betekenis van die verskillende wendinge van gebeure.

***

My uncle had noted with great care the connecting events.
My oom het die verbandhoudende gebeure met groot sorg aangeteken.
On March 1st the earthquake and storm had come.
Op 1 Maart het die aardbewing en storm gekom.
February 28th, according to the International Date Line.
28 Februarie, volgens die Internasionale Datumlyn.
From Dunedin the noisome crew of the Alert darted eagerly forth.
Van Dunedin af het die lawaaierige bemanning van die Alert gretig uitgestorm.
They moved as if they had been imperiously summoned.
Hulle het beweeg asof hulle gebiedend geroep is.
On the other side of the earth the other events unfolded.
Aan die ander kant van die aarde het die ander gebeure ontvou.
Poets and artists had begun to have their strange dreams.
Digters en kunstenaars het begin om hul vreemde drome te hê.
Dreams of a dank Cyclopean city from times long gone.
Drome van 'n klam Siklopiese stad uit lank vervloë tye.
A young sculptor was persuaded by these dreams too.
'n Jong beeldhouer was ook deur hierdie drome oortuig.
In his sleep he molded the form of the dreaded Cthulhu.
In sy slaap het hy die vorm van die gevreesde Cthulhu gevorm.
On March 23rd the crew of the Emma landed on an unknown island.
Op 23 Maart het die bemanning van die Emma op 'n onbekende eiland geland.
There on that island they left six men dead.
Daar op daardie eiland het hulle ses mans dood agtergelaat.

On that date the dreams of sensitive men assumed a heightened vividness.

Op daardie datum het die drome van sensitiewe mans 'n verhoogde lewendigheid aangeneem.

Their dreams darkened with dread of a giant monster's malign pursuit.

Hul drome het verduister van vrees vir 'n reusemonster se kwaadwillige agtervolging.

One architect went mad from his dreams that night.

Een argitek het daardie nag mal geword van sy drome.

And a sculptor had lapsed suddenly into delirium!

En 'n beeldhouer het skielik in delirium verval!

And then there was the storm of April 2nd.

En toe was daar die storm van 2 April.

The date on which all dreams of the dank city ceased.

Die datum waarop alle drome van die klam stad opgehou het.

Wilcox emerged unharmed from the bondage of strange fever.

Wilcox het ongedeerd uit die slawerny van vreemde koors te voorskyn gekom.

And everything appeared to be normal again.

En alles het weer normaal gelyk.

But what about the hints old Castro had suggested?

Maar wat van die leidrade wat ou Castro voorgestel het?

What about the sunken, star-born old ones?

Wat van die gesonke, stergebore oues?

What about their promised return and coming reign?

Wat van hulle beloofde terugkeer en komende heerskappy?

What about their faithful cult and their mastery of dreams?

Wat van hul getroue kultus en hul bemeestering van drome?

Was I tottering on the brink of cosmic horrors?

Was ek op die rand van kosmiese gruwels?

Cosmic horrors far beyond man's power to bear?

Kosmiese gruwels ver bo die mens se krag om te verduur?

If so, they must be horrors of the mind alone.

Indien wel, moet hulle alleen gruwels van die gees wees.

On the second of April there was sudden coordinated calm.

Op die tweede April was daar skielike gekoördineerde kalmte.

The monstrous menace that sieged mankind's soul had vanished.

Die monsteragtige bedreiging wat die mensdom se siel beleër het, het verdwyn.

That evening I made all necessary arrangements for onwards travel.

Daardie aand het ek al die nodige reëlings vir die verdere reis getref.

I bade my host adieu and took a train for San Francisco.

Ek het van my gasheer afskeid geneem en 'n trein na San Francisco geneem.

***

In less than a month I was at the port of Dunedin.

In minder as 'n maand was ek in die hawe van Dunedin.

Here, however, my investigation stumbled slightly.

Hier het my ondersoek egter effens gestruikel.

I inquired in the old sea taverns where the men had lingered.

Ek het in die ou seekroeë navraag gedoen waar die mans vertoef het.

But little was known of the strange cult members.

Maar min was bekend oor die vreemde kultuslede.

Waterfront scum was far too common for special mention.

Waterfront-skuim was heeltemal te algemeen vir spesiale vermelding.

But there was vague talk about one inland trip these mongrels had made.

Maar daar was vae gepraat oor een binnelandse reis wat hierdie basterds onderneem het.

Faint drumming and red flames were noted on the distant hills.

Dowwe trommelgeluid en rooi vlamme is op die verre heuwels opgemerk.

In Auckland I learned only a little more of Johansen.

In Auckland het ek net 'n bietjie meer van Johansen geleer.

He had been taken to Sydney for the investigation.

Hy is na Sydney geneem vir die ondersoek.

A perfunctory and inconclusive questioning turned his hair white.

'n Oppervlakkige en onbeslissende ondervraging het sy hare wit gemaak.

Thereafter he sold his cottage in West Street.

Daarna het hy sy kothuis in Weststraat verkoop.

And he sailed with his wife to his old home in Oslo.

En hy het saam met sy vrou na sy ou huis in Oslo geseil.

His experience had clearly stirred him deeply.

Sy ervaring het hom duidelik diep geraak.

But he told his friends no more than he had told the admiralty officials.

Maar hy het nie meer vir sy vriende vertel as wat hy vir die admiraliteitsamptenare vertel het nie.

And all they could do was to give me his Oslo address.

En al wat hulle kon doen, was om my sy Oslo-adres te gee.

After that I went to Sydney and talked profitlessly with seamen.

Daarna het ek na Sydney gegaan en vergeefs met seemanne gepraat.

Members of the vice-admiralty court could not enlighten me either.

Lede van die vise-admiraliteitshof kon my ook nie inlig nie.

I tracked the Alert down to Circular Quay in Sydney Cove.

Ek het die Alert opgespoor tot by Circular Quay in Sydney Cove.

The ship had been sold and was again in commercial use.

Die skip was verkoop en was weer in kommersiële gebruik.

But I could gain no further clues from the ship's cargo.

Maar ek kon geen verdere leidrade uit die skip se vrag kry nie.

The image was preserved in the Museum at Hyde Park.

Die beeld is in die Museum in Hyde Park bewaar.

The cuttlefish head, dragon body, and scaly wings.

Die inkviskop, draakliggaam en skubberige vlerke.

The monster crouching atop the hieroglyphed pedestal.
Die monster wat bo-op die hiërogliewe voetstuk hurk.
I studied every detail of the idol long and well.
Ek het elke detail van die afgod lank en goed bestudeer.
The relic was a thing of balefully exquisite workmanship.
Die reliek was 'n ding van afskuwelik uitstekende
vakmanskap.
I couldn't help but notice the similarity to Legrasse's smaller
specimen.
Ek kon nie anders as om die ooreenkoms met Legrasse se
kleiner eksemplaar op te merk nie.
Both idols had the same utter mystery and terrible antiquity.
Beide afgode het dieselfde absolute misterie en verskriklike
oudheid gehad.
And both idols had the same unearthly strangeness of
material.
En beide afgode het dieselfde onaardse vreemdheid van
materiaal gehad.
Geologists, the curator told me, had found it a monstrous
puzzle.
Geoloë, het die kurator vir my gesê, het dit 'n monsteragtige
raaisel gevind.
They insisted that the world held no rock like this one.
Hulle het volgehou dat die wêreld geen rots soos hierdie een
bevat nie.
Then I thought with a shudder of what old Castro had told
Legrasse.
Toe het ek met 'n siddering gedink aan wat ou Castro vir
Legrasse gesê het .
The tale of the primal great ones, sunken under the sea.
Die verhaal van die oergroot mense, gesink onder die see.
"They had come from the stars."
"Hulle het van die sterre af gekom."
"They had brought their images with them."
"Hulle het hul beelde saamgebring."
I was shaken with a mental revolution as I had never before
known.

Ek was geskud deur 'n geestelike revolusie soos ek nog nooit tevore geken het nie.

I was now completely resolved to visit Mate Johansen in Oslo.

Ek was nou heeltemal vasbeslote om Mate Johansen in Oslo te besoek.

Sailing for London, I re-embarked at once for the Norwegian capital.

Ek het na Londen geseil en dadelik weer na die Noorse hoofstad vertrek.

And one autumn day I landed at the wharves.

En een herfsdag het ek by die kaaie geland.

***

Johansen's hometown was in the shadow of the Egeberg.

Johansen se tuisdorp was in die skaduwee van die Egeberg.

I discovered he lived in the Old Town of King Harold Haardrada.

Ek het ontdek dat hy in die Ou Stad van Koning Harold Haardrada gewoon het.

For centuries the greater city had masqueraded as "Christiania".

Vir eeue het die groter stad hom as "Christiania" voorgedoen.

King Harald Hardrada kept alive the name of Oslo.

Koning Harald Hardrada het die naam Oslo lewend gehou.

I made the brief trip to his residences by taxicab.

Ek het die kort rit na sy woning per taxi onderneem.

A neat and ancient building with plastered front.

'n Netjiese en antieke gebou met gepleisterde voorgevel.

And I knocked with palpitant heart at the door.

En ek het met 'n kloppende hart aan die deur geklop.

A sad-faced woman in black answered my summons.

'n Vrou met 'n hartseer gesig in swart het my oproep beantwoord.

I was stung with disappointment at the sight.

Ek was geskok van teleurstelling deur die gesig.

She told me in halting English that Gustaf Johansen was no more.

Sy het my in hakkelende Engels vertel dat Gustaf Johansen nie meer was nie.

He had not long survived his return, said his wife.

Hy het sy terugkeer nie lank oorleef nie, het sy vrou gesê.

The doings at sea in 1925 had broken him.

Die doen en late op see in 1925 het hom gebreek.

He had told her no more than he had told the public.

Hy het haar nie meer vertel as wat hy aan die publiek vertel het nie.

But he had left a long manuscript of "technical matters".

Maar hy het 'n lang manuskrip van "tegniese sake" nagelaat.

These notes of the voyage had been written in English.

Hierdie notas van die reis was in Engels geskryf.

Evidently in order to safeguard her from the peril of casual perusal.

Klaarblyklik om haar te beskerm teen die gevaar van terloopse deurlewing.

He had gone for a walk through a narrow lane near the Gothenburg dock.

Hy het deur 'n nou laantjie naby die Gotenburg-dok gaan stap.

A bundle of papers falling from an attic window had knocked him down.

'n Bondel papiere wat uit 'n soldervenster geval het, het hom neergeslaan.

Two Lascar sailors at once helped him to his feet.

Twee Lascar-matrose het hom dadelik op sy voete gehelp.

But before the ambulance could reach him he was dead.

Maar voordat die ambulans hom kon bereik, was hy dood.

The physicians found no adequate cause for his death.

Die dokters het geen voldoende oorsaak vir sy dood gevind nie.

They mostly attributed his death to heart trouble.

Hulle het sy dood meestal aan hartprobleme toegeskryf.

But they added his weakened constitution most likely contributed.

Maar hulle het bygevoeg dat sy verswakte konstitusie heel waarskynlik bygedra het.

I now felt a deep gnawing at my vitals.

Ek het nou 'n diep knaag aan my lewensbelangrike dele gevoel.

A dark terror which will never leave me till I, too, am at rest.

'n Donker vrees wat my nooit sal verlaat totdat ek ook rus het nie.

Whether my death will come "accidentally" or not I can't tell.

Of my dood "per ongeluk" sal kom of nie, kan ek nie sê nie.

I spoke to the widow about her husband's work.

Ek het met die weduwee oor haar man se werk gepraat.

And I persuaded her I had a "technical" connection to him.

En ek het haar oortuig dat ek 'n "tegniese" verbintenis met hom het.

So she felt I was sufficiently entitled to the manuscript.

So sy het gevoel ek was voldoende geregtig op die manuskrip.

And so I attained the dead man's writing.

En so het ek die dooie man se skrif verkry.

I began to read the documents on the boat to London.

Ek het die dokumente op die boot na Londen begin lees.

They were little more than simple, rambling notes.

Hulle was niks meer as eenvoudige, onsamenhangende notas nie.

A naive sailor's effort at a post-facto diary.

'n Naïewe matroos se poging tot 'n post-facto dagboek.

He strove to recall that last awful voyage day by day.

Hy het daarna gestreef om daardie laaste verskriklike reis dag vir dag te onthou.

I cannot attempt to transcribe his notes verbatim.

Ek kan nie probeer om sy notas woordeliks oor te skryf nie.

The manuscript is clouded with vagueness and redundance.

Die manuskrip is deur vaagheid en oorbodigheid bewolk.

But I will tell the gist of what he wrote.

Maar ek sal die kern vertel van wat hy geskryf het.

Perhaps then you will understand why I stuffed my ears with cotton.

Miskien sal jy dan verstaan hoekom ek my ore met watte
gevul het.

**The sound of the water against the vessel's sides became
unendurable.**

Die geluid van die water teen die kante van die skip het
ondraaglik geword.

***

Johansen, thank God, did not quite know what he had seen.

Johansen, dankie tog, het nie heeltemal geweet wat hy gesien
het nie.

But it is evident he had seen the city and the Thing.

Maar dit is duidelik dat hy die stad en die Ding gesien het.

I shall never sleep calmly again when I think of the horrors.

Ek sal nooit weer rustig slaap as ek aan die gruwels dink nie.

**The horrors that lurk ceaselessly behind life in time and
space.**

Die gruwels wat onophoudelik agter die lewe in tyd en ruimte
skuil.

Those unhallowed blasphemies that come from elder stars.

Daardie onheilige godslasteringe wat van ouer sterre kom.

Dreamers beneath the sea known only by a nightmare cult.

Dromers onder die see slegs bekend deur 'n nagmerriekultus.

**A cult ready and eager to release these monsters into the
world.**

'n Kultus gereed en gretig om hierdie monsters in die wêreld
vry te laat.

**Whenever another earthquake raises their monstrous stone
city again.**

Wanneer nog 'n aardbewing hul monsteragtige klipstad weer
oplig.

When Cthulhu is under the light of the sun once more.

Wanneer Cthulhu weer eens onder die lig van die son is.

**Johansen's voyage had begun just as he told it to the vice-
admiralty.**

Johansen se reis het begin net soos hy dit aan die vise-admiraliteit vertel het.

The Emma, in ballast, had cleared Auckland on February 20th.

Die Emma, in ballast, het op 20 Februarie deur Auckland gevaar.

The ship had felt the full force of that earthquake-born tempest.

Die skip het die volle krag van daardie aardbewing-gebore storm gevoel.

The horrors from the sea-bottom that filled men's dreams.

Die gruwels van die seebodem wat mans se drome vervul het.

Once under control again the ship was making good progress.

Sodra die skip weer onder beheer was, het dit goeie vordering gemaak.

But then the ship was held up by the Alert on March 22nd.

Maar toe is die skip op 22 Maart deur die Alert opgehou.

I could feel the mate's regret as he wrote of her bombardment and sinking.

Ek kon die stuurman se spyt voel toe hy oor haar bombardement en sink geskryf het.

Of the swarthy cult-fiends on the other boat he speaks with horror.

Van die donker kultus-duiwels op die ander boot praat hy met afgryse.

There was some peculiarly abominable quality about them.

Daar was 'n eienaardig afskuwelike eienskap omtrent hulle.

Something made their destruction seem almost a duty.

Iets het hul vernietiging amper 'n plig laat lyk.

This point was brought up during the proceedings of the court of inquiry.

Hierdie punt is tydens die verrigtinge van die ondersoekhof geopper.

Johansen shows ingenuous wonder at the accusation of ruthlessness.

Johansen toon onopvallende verwondering oor die beskuldiging van meedoënloosheid.

Curiosity is what drove the men on in their captured yacht.

Nuuskierigheid is wat die mans in hul gekaapte seiljag gedryf het.

Sticking out of the sea the men sighted a great stone pillar.

Toe die manne uit die see uitsteek, het hulle 'n groot klippilaar gesien.

In South Latitude 47° 9', West Longitude 126° 43' they come upon a coastline.

In Suidbreedtegraad 47° 9', Weslengtegraad 126° 43' kom hulle op 'n kuslyn af.

The coastline was of mingled mud, ooze, and weedy Cyclopean masonry.

Die kuslyn was van gemengde modder, slyk en onkruidagtige Siklopiese messelwerk.

Nothing less than the tangible substance of earth's supreme terror.

Niks minder as die tasbare substansie van die aarde se hoogste vrees nie.

They had come across the nightmare corpse-city of R'lyeh.

Hulle het op die nagmerrie-lykstad R'lyeh afgekom .

A city built in measureless eons behind history.

'n Stad gebou in onmeetbare eeue agter die geskiedenis.

Monuments to vast loathsome shapes that seeped down from the dark stars.

Monumente vir ontsaglike, walglike vorms wat uit die donker sterre neergesypel het.

There lay great Cthulhu and his hordes for incalculable cycles.

Daar het die groot Cthulhu en sy hordes vir onberekenbare siklusse gelê.

Hidden in green slimy vaults, they sent out their thoughts.

Versteek in groen slymerige kluise, het hulle hul gedagtes uitgestuur.

The thoughts that spread fear to the dreams of the sensitive.

Die gedagtes wat vrees versprei na die drome van die sensitiewes.

The thoughts that called imperiously to the faithful.

Die gedagtes wat gebiedend na die gelowiges geroep het.

"Come on a pilgrimage of liberation and restoration."

"Kom op 'n pelgrimstog van bevryding en herstel."

All this horror Johansen had no way of suspecting.

Al hierdie gruwel het Johansen geen manier gehad om te vermoed nie.

But God knows he had soon seen enough!

Maar God weet hy het gou genoeg gesien!

I suppose what they saw was only a single mountain-top.

Ek neem aan wat hulle gesien het, was net 'n enkele bergtop.

Soon the rest of the city emerged from the waters.

Gou het die res van die stad uit die waters te voorskyn gekom.

The hideous monolith-crowned citadel where great Cthulhu was buried.

Die afskuwelike monoliet-gekroonde sitadel waar die groot Cthulhu begrawe is.

I shudder to think of all that may be brooding down there.

Ek sidder as ek dink aan alles wat daar onder mag broei.

And I almost wish to kill myself to stop these thoughts.

En ek wil amper myself doodmaak om hierdie gedagtes te stop.

***

Johansen and his men were awed by the cosmic majesty.

Johansen en sy manne was verstom deur die kosmiese majesteit.

They beheld the sight of this dripping Babylon of elder demons.

Hulle het die gesig van hierdie druppende Babilon van ouer demone aanskou.

They must have guessed without guidance what it was they saw.

Hulle moes sonder leiding geraai het wat hulle gesien het.

What they saw was nothing of this or of any sane planet.
Wat hulle gesien het, was niks hiervan of van enige gesonde
planeet nie.
The unbelievable size of the greenish stone blocks.
Die ongelooflike grootte van die groenerige klipblokke.
The dizzying height of the great carven monolith.
Die duiselingwekkende hoogte van die groot gekerfde
monoliet.
**And then there was the bas-reliefs found on the captured
ship.**
En toe was daar die bas-reliëfs wat op die verowerde skip
gevind is.
The colossal statues mirrored the scene on the carvings.
Die kolossale standbeelde het die toneel op die snywerk
weerspieël.
Johansen achieved something very close to futurism.
Johansen het iets baie na aan futurisme bereik.
**Because he did not describe any definite structure or
building.**
Omdat hy geen definitiewe struktuur of gebou beskryf het nie.
**He dwelled on the broad impressions of vast angles and
stone surfaces.**
Hy het gefokus op die breë indrukke van ontsaglike hoeke en
klipoppervlakke.
**Surfaces too great to belong to anything right or proper for
this earth.**
Oppervlaktes te groot om aan enigiets reg of gepas vir hierdie
aarde te behoort.
Surfaces impious with horrible images and hieroglyphs.
Oppervlaktes goddeloos met verskriklike beelde en
hiërogliewe.
There is a reason I mention his talk about angles.
Daar is 'n rede waarom ek sy praatjie oor hoeke noem.
**It reminds me of something Wilcox had told me of his awful
dreams.**
Dit herinner my aan iets wat Wilcox my vertel het oor sy
aaklige drome.

He had said that the geometry of the dream-place he saw was abnormal.

Hy het gesê dat die geometrie van die droomplek wat hy gesien het, abnormaal was.

Non-Euclidean spheres unlike anything here on earth.

Nie-Euklidiese sfere anders as enigiets hier op aarde.

Loathsomely redolent dimensions completely unlike ours.

Walglik riekende dimensies heeltemal anders as ons s'n.

Now a seaman was describing the exact same thing.

Nou het 'n seeman presies dieselfde ding beskryf.

They bad both had the same terrible glimpse of this reality.

Hulle het albei dieselfde verskriklike kykie na hierdie werklikheid gehad.

Johansen and his men landed at a sloping mud-bank.

Johansen en sy manne het by 'n skuins modderwal geland.

And they looked up at this monstrous Acropolis.

En hulle het opgekyk na hierdie monsteragtige Akropolis.

They clambered slippery up over titan oozy blocks.

Hulle het glad oor titan-slymerige blokke geklim.

Blocks which could have been no mortal staircase.

Blokke wat geen sterflike trap kon gewees het nie.

The very sun of heaven seemed distorted in this mist.

Die son van die hemel self het in hierdie mis verwronge gelyk.

A polarizing miasma welling out from this sea-soaked perversion.

'n Polariserende miasma wat uit hierdie see-deurdrenkte perversie wel.

Twisted menace and suspense lurked in those elusive rocks.

Verdraaide dreiging en spanning het in daardie ontwykende rotse gelê.

A second glance showed concavity where the first showed convexity.

'n Tweede blik het konkawiteit getoon waar die eerste konveksiteit getoon het.

Something very like fright had come over all the explorers.

Iets baie soos vrees het oor al die ontdekkingsreisigers gekom.

Each man would have fled had he not feared the scorn of the others.

Elke man sou gevlug het as hy nie die minagting van die ander gevrees het nie.

And it was only half-heartedly that they vainly searched.

En dit was slegs halfhartig dat hulle tevergeefs gesoek het.

They were looking for some portable souvenir to bear away.

Hulle was op soek na 'n draagbare aandenking om weg te dra.

It was Rodriguez, the Portuguese, who climbed up the foot of the monolith.

Dit was Rodriguez, die Portugees, wat aan die voet van die monoliet uitgeklim het.

From there he shouted of what he had found.

Van daar af het hy geskreeu oor wat hy gevind het.

The rest followed him to the foot of the monolith.

Die res het hom tot die voet van die monoliet gevolg.

They looked curiously at the immense door in front of them.

Hulle het nuuskierig na die enorme deur voor hulle gekyk.

The now familiar squid-dragon was carved on the door.

Die nou bekende inkvis-draak was op die deur gekerf.

It was, Johansen said, like a great barn-door.

Dit was, het Johansen gesê, soos 'n groot skuurdeur.

Although they said it only gave the impression of a door.

Alhoewel hulle gesê het dit het net die indruk van 'n deur gegee.

They could not decide if the door lay flat like a trap-door.

Hulle kon nie besluit of die deur plat soos 'n valluik lê nie.

Or maybe the opening was slanted like an outside cellar-door.

Of miskien was die opening skuins soos 'n buitekelderdeur.

As Wilcox would have said, the geometry of the place was all wrong.

Soos Wilcox sou gesê het, was die geometrie van die plek heeltemal verkeerd.

One could not be sure that the sea and the ground were horizontal.

'n Mens kon nie seker wees dat die see en die grond horisontaal was nie.

Hence the relative position of everything else seemed phantasmally variable.

Daarom het die relatiewe posisie van alles anders fantasties veranderlik gelyk.

Briden pushed at the stone in several places, without result.

Briden het op verskeie plekke teen die klip gedruk, maar sonder resultaat.

Then Donovan felt delicately over around the edge of the door.

Toe voel Donovan fyn om die rand van die deur.

He climbed interminably along the grotesque stone molding.

Hy het eindeloos langs die groteske kliplys geklim.

Although, if you could really call it climbing is debatable.

Alhoewel, as jy dit regtig klim kan noem, is dit debatteerbaar.

Perhaps the door was more horizontal than vertical.

Miskien was die deur meer horisontaal as vertikaal.

And the men wondered how any door in the universe could be so vast.

En die manne het gewonder hoe enige deur in die heelal so groot kon wees.

Then, very softly and slowly, something began to happen.

Toe, baie saggies en stadig, het iets begin gebeur.

The acre-great panel began to give inward at the top.

Die akker-groot paneel het bo-aan na binne begin meegee.

And they saw that the door had balanced itself.

En hulle het gesien dat die deur homself in balans gebring het.

***

Donovan somehow propelled himself back along the jamb.

Donovan het homself op die een of ander manier terug langs die kosyn gedryf.

And everyone watched the queer recession of the monstrously carven portal.

En almal het die vreemde resessie van die monsteragtig
gekerfde portaal dopgehou.

**In this fantasy of prismatic distortion it moved anomalously
in a diagonal way.**

In hierdie fantasie van prismatiese vervorming het dit
anomaal op 'n diagonale manier beweeg.

All the rules of matter and perspective seemed confused.

Al die reëls van materie en perspektief het verward gelyk.

The aperture was black with a darkness almost material.

Die opening was swart met 'n amper materieel donkerte.

That tenebrousness was indeed a positive quality.

Daardie teerheid was inderdaad 'n positiewe eienskap.

The men were spared from seeing the inner walls.

Die mans is gespaar van die sien van die binnemure.

**The darkness burst forth like smoke from its eon-long
imprisonment.**

Die duisternis het soos rook uitgebars uit sy eonlange
gevangenisstraf.

**The sun was visibly darkened by flapping membranous
wings.**

Die son was sigbaar verduister deur fladderende
membraanagtige vlerke.

**And the shadow slunk away into the shrunken and gibbous
sky.**

En die skaduwee het weggesluip in die gekrimpte en
gibberige lug.

**The odor arising from the newly opened depths was
intolerable.**

Die reuk wat uit die nuut geopende dieptes opgekom het, was
ondraaglik.

**The quick-eared Hawkins thought he heard a nasty,
slopping sound.**

Die vinnig-oorige Hawkins het gedink hy hoor 'n nare,
sloerende geluid.

**His ears were confirmed when It lumbered slobberingly into
sight.**

Sy ore is bevestig toe Dit slobberend in sig kom.

Its gelatinous green immensity groped through the black hall.

Sy jellierige groen onmeetlikheid het deur die swart saal getas.

And Its ooze and smell squeezed through the angled door.

En sy slyk en reuk het deur die skuins deur ingepers.

The Thing went into the tainted air of that poison city of madness.

Die Ding het in die besoedelde lug van daardie giftige stad van waansin gegaan.

Poor Johansen's handwriting almost gave out when he wrote of this.

Arme Johansen se handskrif het amper ingegee toe hy hieroor geskryf het.

He thinks two men perished of pure fright in that accursed instant.

Hy dink twee mans het in daardie vervloekte oomblik van pure vrees omgekom.

The Thing cannot be described with our language.

Die Ding kan nie met ons taal beskryf word nie.

There are no words for such abysms of shrieking and immemorial lunacy.

Daar is geen woorde vir sulke afgronde van geskreeu en onheuglike waansin nie.

Eldritch contradictions of all matter, force, and cosmic order.

Eldritch se teenstrydighede van alle materie, krag en kosmiese orde.

A mountain that walked and stumbled on the earth. God!

'n Berg wat op die aarde geloop en gestruikel het. God!

No wonder that across the earth a great architect went mad.

Geen wonder dat 'n groot argitek oor die hele aarde mal geword het nie.

No wonder poor Wilcox raved with fever in that telepathic instant.

Geen wonder dat arme Wilcox in daardie telepatiese oomblik van koors gehaat het nie.

The green, sticky spawn of the stars, was walking the earth.

Die groen, klewerige kuit van die sterre het op die aarde geloop.

The Thing of the idols had awaked to claim his own.

Die Ding van die afgode het wakker geword om sy eie op te eis.

The stars were aligned again, as was predicted.

Die sterre was weer in lyn, soos voorspel is.

An age-old cult had failed in their duties.

'n Eeue-oue kultus het in hul pligte gefaal.

And a band of innocent sailors fulfilled their role by accident.

En 'n groep onskuldige matrose het hul rol per ongeluk vervul.

After vigintillions of years great Cthulhu was loose again.

Na triljoene jare was die groot Cthulhu weer los.

And now great Cthulhu was ravening for delight.

En nou was die groot Cthulhu hongerig van genot.

Three men were swept up by the flabby claws before anybody turned.

Drie mans is deur die slap kloue meegesleur voordat enigiemand omgedraai het.

God rest them, if there be any rest in the universe.

Mag God hulle rus, as daar enige rus in die heelal is.

Let it be known that their names were Donovan, Guerrera and Angstrom.

Laat dit bekend wees dat hulle name Donovan, Guerrera en Angstrom was.

Parker slipped as he was trying to make his escape.

Parker het gegly terwyl hy probeer ontsnap het.

The other three were plunging frenziedly back to the boat.

Die ander drie het rasend terug na die boot gestorm.

They ran over endless vistas of green-crusted rock.

Hulle het oor eindelose uitsigte van groenkorsige rots gehardloop.

Johansen swears he was swallowed up by an angle of masonry.

Johansen sweer hy is deur 'n hoek van messelwerk ingesluk.

An angle which shouldn't have been there.

'n Hoek wat nie daar moes gewees het nie.

An angle which was acute, but behaved as if it were obtuse.

'n Hoek wat skerp was, maar asof dit stomp was, opgetree het.

Only Briden and Johansen made it back to the boat.

Slegs Briden en Johansen het dit terug na die boot gemaak.

The two men had a moment of good fortune.

Die twee mans het 'n oomblik van geluk gehad.

The mountainous monstrosity flopped down on the slimy stones.

Die bergagtige monster het op die slymerige klippe neergeplof.

And the beast hesitated floundering at the edge of the water.

En die dier het gehuiwer en aan die rand van die water gestruikel.

The steam boat had not entirely run out of hot coals.

Die stoomboot het nie heeltemal sonder warm kole geraak nie.

Despite the departure of all men for the shore.

Ten spyte van die vertrek van alle mans na die strand.

Feverishly the two men rushed up and down between wheels.

Koorsagtig het die twee mans op en af tussen wiele gejaag.

It was the work of only a few moments to get the engine going.

Dit was die werk van net 'n paar oomblikke om die enjin aan die gang te kry.

Amidst the distorted horrors of that indescribable scene.

Te midde van die verwronge gruwels van daardie onbeskryflike toneel.

Slowly their boat began to churn the lethal waters beneath her.

Stadig het hulle boot die dodelike waters onder haar begin kolk.

And they moved along the masonry of that charnel shore.

En hulle het langs die klipwerk van daardie knekelwal beweeg.

That strange coastline that was not from this world.

Daardie vreemde kuslyn wat nie van hierdie wêreld was nie.

***

The titan Thing from the stars slavered and gibbered.
Die titaan-Ding van die sterre het gesworwe en gebrabbel.
Like Polypheme cursing the fleeing ship of Odysseus.
Soos Polypheme wat die vlugtende skip van Odysseus
vervloek.
Then great Cthulhu slid greasily into the water.
Toe glip die groot Cthulhu vetterig in die water.
Bolder and more daring than the storied Cyclops.
Dapperder en meer vermetel as die beroemde Sikloop.
**Cthulhu pursued them through the water with cosmic
movement.**
Cthulhu het hulle met kosmiese beweging deur die water
agtervolg.
**Briden looked back from the ship and started laughing
shrilly.**
Briden het van die skip af teruggekyk en skril begin lag.
**From that moment Briden continued laughing at odd
intervals.**
Van daardie oomblik af het Briden met vreemde tussenposes
aangehou lag.
But Johansen had not given up yet.
Maar Johansen het nog nie moed opgegee nie.
He knew his ship had no chance of outpacing the thing.
Hy het geweet sy skip het geen kans gehad om die ding te
verbysteek nie.
So he resolved on taking a desperate chance.
So het hy besluit om 'n desperate kans te waag.
He loaded the furnace and set the engine for full speed.
Hy het die oond gelaai en die enjin op volle spoed gestel.
**And then he ran lightning-like on deck and reversed the
wheel.**
En toe hardloop hy soos weerlig op die dek en draai die wiel
om.

There was a mighty eddying and foaming in the noisome brine.

Daar was 'n geweldige werweling en skuim in die raserige pekelwater.

The steam mounted higher and higher into the sky.

Die stoom het al hoe hoër die lug in gestyg.

And the brave Norwegian reversed the course of the chase.

En die dapper Noorweër het die koers van die jaagtog omgekeer.

Before him rose the unclean froth like the stern of a demon galleon.

Voor hom het die onrein skuim opgestyg soos die agterstewe van 'n demoongaljoen.

He drove his vessel head on against the pursuing jelly.

Hy het sy vaartuig kop teen die agtervolgende jellie gedryf.

The awful squid-head came nearly up to the yacht's bowsprit.

Die verskriklike inkviskop het amper tot by die seiljag se boegspriet gekom.

But Johansen drove on relentlessly against the writhing feelers.

Maar Johansen het meedoënloos voortgedryf teen die kronkelende voelers.

There was a bursting as of an exploding bladder.

Daar was 'n bars soos van 'n ontploffende blaas.

There was a slushy nastiness as of a cloven sunfish.

Daar was 'n slykerige gemeenheid soos van 'n gesplete sonvis.

There was a stench as of a thousand opened graves.

Daar was 'n stank soos van 'n duisend oop grafte.

And there was a sound the chronicler did not put on paper.

En daar was 'n geluid wat die kroniekskrywer nie op papier gesit het nie.

For an instant the ship was befouled by an acrid cloud.

Vir 'n oomblik was die skip deur 'n skerp wolk besoedel.

The green cloud blinded Johansen and the mad man.

Die groen wolk het Johansen en die mal man verblind.

And then there was only a venomous seething astern.

En toe was daar net 'n giftige, siedende agteruit.

But God in heaven! What the two men saw next;

Maar God in die hemel! Wat die twee mans volgende gesien het;

The scattered plasticity of that nameless sky-spawn.

Die verspreide plastisiteit van daardie naamlose hemelspruit.

The injured thing was nebulously recombining.

Die beseerde ding was besig om vaagweg te rekombineer.

Soon Cthulhu would be back in its hateful original form.

Binnekort sou Cthulhu terug wees in sy haatlike oorspronklike vorm.

But their distance was widening with every second.

Maar hul afstand het met elke sekonde groter geword.

The ship was gaining impetus from its mounting steam.

Die skip het stukrag gekry van sy toenemende stoom.

And eventually the cursed city was over the horizon.

En uiteindelik was die vervloekte stad oor die horison.

***

He did not try to navigate after their lucky escape.

Hy het nie probeer navigeer na hul gelukkige ontsnapping nie.

His reaction had taken something out of his soul.

Sy reaksie het iets uit sy siel geneem.

He spent his time brooding over the idol in the cabin.

Hy het sy tyd deurgebring deur oor die afgod in die kajuit te tob.

He looked after the laughing maniac in the boat.

Hy het na die laggende maniak in die boot omgesien.

And he attended to a few matters such as food.

En hy het na 'n paar sake soos kos omgesien.

Then came the storm of April 2nd.

Toe kom die storm van 2 April.

On that day clouds gathered over his consciousness.

Op daardie dag het wolke oor sy bewussyn saamgepak.

There is a sense of pure and refined delirium.

Daar is 'n gevoel van suiwer en verfynde delirium.
Spectral whirling through liquid gulfs of infinity.
Spektrale dwarrelwind deur vloeibare golfe van oneindigheid.
Dizzying rides through reeling universes on a comet's tail.
Duiselige ritte deur wankelende heelalle op 'n komeet se stert.
Hysterical plunges from the pit to the moon.
Histeriese duike van die put na die maan.
And he plunged back again from the moon to the pit.
En hy het weer van die maan na die put teruggestort.
A cachinnating chorus of the distorted, hilarious elder gods.
'n Kakhalsende koor van die verwronge, skreeusnaakse ouer gode.
And the green bat-winged mocking imps of Tartarus.
En die groen vlermuisvlerkige spottende imps van Tartarus.
Out of that dream came rescue; the ship Vigilant.
Uit daardie droom het redding gekom; die skip Vigilant.
The vice-admiralty court and the streets of Dunedin.
Die vise-admiraliteitshof en die strate van Dunedin.
The long voyage back home to the old house by the Egeberg.
Die lang reis terug huis toe na die ou huis by die Egeberg.
He could not tell anyone of what he had seen.
Hy kon niemand vertel wat hy gesien het nie.
Had he told the truth they would have thought he had gone mad.
As hy die waarheid gepraat het, sou hulle gedink het hy het mal geword.
So he secretly wrote of what he knew before death came.
So het hy in die geheim geskryf oor wat hy geweet het voordat die dood gekom het.
"Death would be a boon if only it could blot out the memories."
"Die dood sou 'n seën wees as dit net die herinneringe kon uitwis."
That was the document Johansen left behind.
Dit was die dokument wat Johansen agtergelaat het.
And now I have placed this document in the tin box.
En nou het ek hierdie dokument in die blikdoos geplaas.

In the box is also the dream carved bas-relief.
In die boks is ook die droomgesnede bas-reliëf.
And I have included the papers of Professor Angell.
En ek het die artikels van professor Angell ingesluit.
With this box shall go this record of mine.
Saam met hierdie boks sal hierdie rekord van my gaan.
These notes have become a test of my own sanity.
Hierdie notas het 'n toets van my eie gesonde verstand geword.
But I hope my discoveries are never be pieced together again.
Maar ek hoop dat my ontdekkings nooit weer aanmekaar gesit word nie.
I have looked upon all that the universe has to hold of horror.
Ek het gekyk na alles wat die heelal van gruwel te bied het.
But now even the skies of spring are darkness to me.
Maar nou is selfs die lentehemel vir my duisternis.
Even the flowers of summer are forever poison to me.
Selfs die blomme van die somer is vir my vir ewig gif.
But I do not think my life will be long.
Maar ek dink nie my lewe sal lank wees nie.
As my uncle went, so shall my end come.
Soos my oom gegaan het, so sal my einde kom.
As poor Johansen went, so shall my time come.
Soos arme Johansen gegaan het, so sal my tyd kom.
I know too much, and the cult still lives.
Ek weet te veel, en die kultus leef steeds.
Cthulhu still lives, too, I can only suppose.
Cthulhu leef ook nog, kan ek net vermoed.
I assume Cthulhu is again in that chasm of stone.
Ek neem aan Cthulhu is weer in daardie kloof van klip.
The city which has shielded him since the sun was young.
Die stad wat hom beskut het vandat die son jonk was.
I know his accursed city is sunken once more.
Ek weet sy vervloekte stad is weereens gesink.

The crew of the Vigilant sailed over the spot after the April storm.

Die bemanning van die Vigilant het ná die April-storm oor die plek geseil.

But his ministers on earth still worship his return.

Maar sy dienaars op aarde aanbid steeds sy wederkoms.

In lonely places they congregate around their idol.

In eensame plekke vergader hulle rondom hul afgod.

And they bellow and prance and slay in satanic ritual.

En hulle brul en pronk en doodmaak in sataniese ritueel.

He must have been trapped by the sinking of his black abyss.

Hy moes vasgevang gewees het deur die sink van sy swart afgrond.

Or else the world would by now be screaming with fright and frenzy.

Anders sou die wêreld nou al van vrees en waansin skree.

Who knows how the end will come about?

Wie weet hoe die einde sal kom?

What has risen may sink, and what has sunk may rise.

Wat opgestaan het, kan sink, en wat gesink het, kan opstaan.

Loathsomeness waits and dreams in the deep.

Walglikheid wag en droom in die diepte.

And decay spreads over the tottering cities of men.

En verval versprei oor die wankelende stede van die mens.

A time will come where that city rises out the sea again.

Daar sal 'n tyd kom wanneer daardie stad weer uit die see verrys.

But I must not think about when that day will come!

Maar ek moenie dink aan wanneer daardie dag sal aanbreek nie!

I have one prayer if this manuscript outlives me.

Ek het een gebed as hierdie manuskrip my oorleef.

I pray my executors put caution before audacity.

Ek bid dat my eksekuteurs versigtigheid bo vermetelheid stel.

I pray this manuscript meets no other eyes.

Ek bid dat hierdie manuskrip geen ander oë sal ontmoet nie.

Found among the papers of the late Francis Wayland Thurston, of Boston.

Gevind tussen die papiere van wyle Francis Wayland Thurston, van Boston.